KB074959

제국의 사생활

제국의 사생활

주원규 장편소설

네오픽션

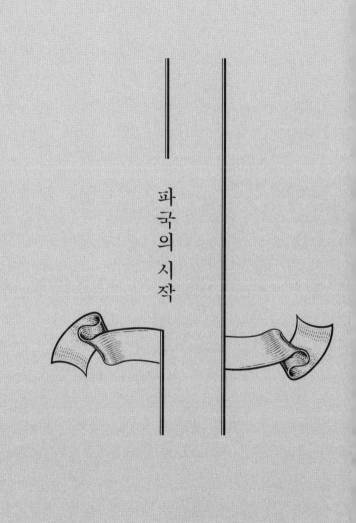

파국의 시작

장대혁이 구두 한 켤레를 테이블 위에 올려놨다. 테이블은 단지 무심하게 테이블이라 부르는 게 민망할 정도로 거대했다. 커다란 회전의자를 마흔 개쯤 들여놓고 한 자리도 빠짐없이 사람을 채운 대도 충분히 여유로울 만큼 압도적인 크기였다. 그 거대한 테이블 위로 장대혁이 던진 것은 구두, 더 정확히 말하면 비둘기색 구두였다. 툭, 소리와 함께 구두 한 켤레가 무심하고 무규칙적으로 테이블 정중앙에 떨어졌다.

　구두는 평범해 보였다. 중년 여성들이 좋아할 법한 화려한 패턴의 디자인이지만 제법 굽이 높은 하이힐이있다. 장대혁은 마치 홀인원을 경험한 듯, 자신이 던진 구두 두 개가 거대한 테이블 위에 놓인 광경을 보며 히죽거렸다.

"봐라, 이 구두. 예쁘지?"

장대혁의 그 카랑카랑한 말 한마디를 듣는 순간, 그의 둘째 딸 장명은은 일이 잘못되어간다는 실감을 지울 수 없었다. 그때 장명은은 언론에든 어디든 늘 멋대로 지껄이는 한 인물의 말을 떠올렸다. 한국의 20대 기업으로 꼽히는, 수 개의 계열사를 거느린 기업치고 감각에 의존해 사업하지 않으면 오히려 화를 입을 수 있다는 그 말. 그건 하버드 경영대학원을 졸업하고 MIT에서 금융·경영 박사과정까지 수료한 장명은이 회자해야 할 말은 결코 아니었다. 하지만 그녀는 이 타이밍에 그 말만큼 불길하면서도 치명적으로 맞아떨어지는 말은 없다고 판단했다.

장대혁의 횡설수설은 이후로도 집요할 만큼 광범위하게 지속됐다. 물을 마시는 내내 장대혁은 한 모금도 제대로 입안으로 가져가지 못했다. 지극히 산만한 그의 모습은 전형적인 조울증 환자의 그것과 같았다. 그리고 결정적으로, 장명은은 장대혁이 마지막 순간 내뱉은 한마디의 말과 이어진 충격적인 장면을 잊지 못했다. 주어와 서술어가 모두 뭉개져 혼란의 절정을 치닫는 그의 문장도 문장이었지만, 장대혁의 말을 또 하나의 기회로 여기는 듯한 망나니 같은 한 남자, 바로 자신의 동생이자 장대혁의 셋째 아들인 장명우의 섬뜩한 미소가 뇌리에서 지워지지 않았다.

"바야흐로 구두는 내가 만든 회사, 삼호가 영웅이다, 이거야."

거기서 끝났으면 앞으로의 사건이 그렇게까지 비화하진 않았을 것이다. 장대혁이 갑자기 테이블 위로 올라섰다. 팔십대 초반의 노인이었지만, 나름 명품으로 도배한 양복 차림의 장대혁이었다. 그런데 그런 장대혁이 자신의 옷을 벗기 시작했다. 양복 상하의를 모두 탈의하는 데 채 10초도 걸리지 않았다. 그래서일까. 아무도 기민하게 움직여 장대혁을 말리지 못했다. 장대혁은 테이블 위에서 춤이라도 출 기세로 주름이 자글자글한 이마를 더욱 징그럽게 실룩거리며 마치 황홀에 빠진 눈빛으로 비둘기색 구두를 응시했다. 그러다 어느 순간, 팬티까지 벗어버리고 말았다.

실오라기 하나 걸치지 않은 장대혁의 몸은 그저 노인의 알몸일 뿐이었다. 목에는 짙은 보랏빛 넥타이가 민망하고 쓸쓸하게 달린 채 천장에 매달린 모빌처럼 흔들렸다. 장대혁은 알몸 차림으로 테이블 중앙으로 걸어가 자신이 던진 비둘기색 구두를 잡고 억지로 발에 꿰었다. 그러고는 소름 끼치도록 활짝 웃는 얼굴로 사람들을 향해 물었다.

"예쁘지, 응? 예쁘지?"

장대혁을 바라보고 있는 이사들과 비서진 모두 입을 다물지 못했다. 어떻게든 수습을 해야 하는데, 도대체 어떻게 해야 할지 그 기초적인 접근법부터 막막해했다. 굴지의 대그룹 회장이 목에 넥타이 하나 달랑 걸친 채로 테이블 위에서 비둘기색 구두를 신고 춤을 추는 추태를 어떻게 수습한단 말인가. 장명은은 고개를 숙인 뒤 자신도 모르게 흐르고 있던 눈물을 닦았다. 장대혁은 그런 장명은 앞으로 성큼 걸어가 무슨 의미인지 알 수 없는 엄지를 치켜세우며 쩌렁쩌렁한 목소리로 말했다.

"난 영웅이야. 살린 거야, 대한민국을. 삼호하고 내가. 오케이?"

그런 후 아래쪽으로 손짓하며 말을 이었다.

"예쁘지, 이 구두?"

자신의 말에 장명은이 아무 반응이 없자 장대혁은 목소리를 높여 말했다.

"내가 만든 구두, 예쁘냐고! 안 예쁘냐고!"

*

장명은이 아버지 장대혁의 오랜 주치의 선우웅걸을 만난 건 삼호그룹 중역 회의가 단 29분 만에 마무리된 후, 채 세 시간

12

이 안 되었을 때였다. 29분 동안 알몸 차림으로 횡설수설을 일관하던 장대혁이 스스로 머리가 아프다며 퇴장한 직후, 장명은은 곧바로 선우웅걸을 아버지의 용산 자택으로 모시기 위해 그가 명예교수이자 고문으로 재직 중인 삼호종합병원으로 차를 보냈다.

1970년대 후반부터 구두, 그것도 여자 구두 하나 만들어 여기까지 회사를 성장시킨 삼호의 저력이 장대혁에게 있음을 그 누구도 모르지 않았다. 하지만 지금 이 순간, 장명은이 안도의 한숨을 내쉬는 건 장대혁 회장의 유일한 성과, 종합병원 인수 때문이었다. 다른 계열사들은 죄다 팔아넘기고 싶은 쓰레기에 불과했다. 기업 가치와 규모의 경제를 얘기하는 이들도 있었지만, 삼호그룹 본사에서 기획본부장으로 일한 장명은으로서는 할 수만 있다면 삼호종합병원과 본사 격인 삼호제화만 빼면 모두 처분하고 싶을 정도였으니까. 선우웅걸의 진료실로 들어간 장명은은 자신의 눈으로는 전혀 알 수 없는 도표 몇 개와 늘 심드렁해 보이는 선생의 얼굴을 번갈아 살피며 말했다.

"MRI든 CT든 뭐라도 찍어봐야 하지 않을까요?"

하지만 선우웅걸은 아무 대답도 하지 않은 채 컴퓨터 화면을 보며 키보드를 슬쩍슬쩍 두들기기만 했다. 답답해진 장명은이 선우웅걸을 불렀다.

"네? 선생님?"

"시끄럽다. 시끄럽고! 그런 거 필요 없어. 눈대중만으로 보면 알지."

"무슨 눈대중이요?"

"너희 아버지, 갑자기 옷 벗고 지랄 발광을 떨었다며. 그럼, 답 나온 거야."

"아니, 그러니까 선생님. 그 답이 뭐냐고요!"

"명은아, 장명은."

"네. 말씀하세요, 선생님."

"너희 아버지 장대혁 회장, 알츠하이머야."

"알……츠하이머요?"

"치매라고, 치매."

"치매요? 아버지가요?"

"왜? 너희 아버지는 언제까지나 멀쩡할 줄 알았냐? 너희 아버지, 안 그래도 옛날부터 반쯤 나사 풀렸어. 그거 몰랐어?"

선우웅걸은 의사용 랜턴 하나를 들고 장대혁의 두 눈동자 상태를 한 번 체크하는 것만으로 그렇게 지독히도 가혹한 진단을 무심히 내리고 말았다. 그 통보는 외부에 알려진다면 삼호그룹에 엄청난 쓰나미를 몰고 올 중대한 사건이 분명했다. 하지만 장대혁과 30년 지기인 선우웅걸은 그저 어김없는 계절의 변화가 왔다는 듯 반응했다. 믿을 수 없던 장명은도 마치 이 순리를 받아들여야 할 것만 같았다.

*

삼호그룹의 비상 상황을 논의하기 위한 가족회의가 소집되었다. 회의는 장안동의 한 도축장에서 진행되었다. 벤틀리와 제네시스 최고급 모델 그리고 람보르기니 차량이 이제는 '정육식당'으로 상호를 바꾼, 장대혁이 1980년대 후반부터 즐겨 찾던 선지해장국 식당이 된 도축장을 어지럽게 에워쌌다. 가족들 중 장대혁의 향수를 즐긴 이는 없었지만, 마치 장대혁이 시키기라도 한 듯 습관처럼 이곳으로 모였다. 오빠 장명진과 동생 장명우를 불러 모은 장명은은 억지로 소주를 마셔야 했다. 그 모습을 보며 장명우가 못마땅하게, 마치 침을 뱉듯 장명은에게 말을 걸었다.

"누나."

"······."

"아, 뭐 하는 거야? 바쁜 사람 불러놓고 소주나 마시고."

장명우의 퉁명스러운 반응에도 장명은은 계속해서 술잔을 기울였다. 이번에는 옆에서 지켜보던 장명진이 술병을 향해 뻗는 장명은의 손목을 잡았다. 그러고는 자신이 소주병을 들고 그녀의 앞에 놓인 빈 잔에 따르면서 입을 열었다.

"그런데 넌 왜 소주를 안주 없이 마시냐. 그것도 아버지 코스프레야?"

"코스프레는 무슨……."

장명은의 흐려지는 말꼬리 위로 장명우의 말이 덮쳤다.

"그런데 이상하지? 누난 아버지를 조금씩 닮아갔어."

다리를 꼬고 담배를 꼬나문 장명우를 장명은이 노려보며 물었다.

"뭐가 닮았는데?"

"제멋대로인 거."

이후 잠시 동안 어색한 침묵과 차가운 시선이 둘 사이를 에웠다.

장명우는 사십대 초반의 나이가 무색하게 화려한 염색 머리와 피어싱을 고수하고 있었다. 거기다가 특출한 패션 감각으로 늘 남다른 코디를 선보여왔다. 하지만 그럼에도 불구하고 그의 액면 나이는 실제 나이보다 더 들어 보였다. 그런 장명우를 장명은은 한심스럽게 흘겨보았고, 그런 장명은을 빤히 보던 장명진이 다시 한번 그녀의 빈 잔에 소주를 채우며 침묵을 깼다.

"명은이 네가 그래도 그룹을 맡아 지금까지 일궈온 공이 크다."

"빈말이라도 고마워, 오빠."

"빈말 안 해, 난."

겨우 생긴 온기 어린 대화에 장명우는 또다시 끼어들었다.

"하……. 둘 대화를 듣고 있으니 난 형, 누나처럼 빈말도 못 하고 예의도 못 차리는 싸가지 없는 새끼 같네."

장명은은 장명우의 넋두리를 못 들은 양 무시하고 장명진을 물끄러미 쳐다봤다. 그리고 생각했다. 오빠는 참 한결같다고.

장명진 역시 미국에서 경영학과 경제학을 공부했다. 학력이랄 게 초등학교 졸업밖에 없던 부친 장대혁의 결핍 섞인 야심이 첫째 장명진에게 오롯이 투사된 결과였고, 장명진은 그런 아버지의 뜻에 성실히 부응했다. 그가 미국 유학길에 올라 장대혁이 그토록 바라던 박사학위를 취득하기까지는 그랬다.

이후 장명진은 그룹 경영과는 거리를 유지하며 지내다 결국 대학교에 남는 것을 선택했다. "대학교수? 그거 껍데기야, 새끼야. 당장 그만둬." 장대혁은 입버릇처럼 그렇게 말하며, 유치하게도 교수 월급과 내기업 사장의 월급을 비교하곤 했다. 그때마다 가볍게 웃으면서 아버지의 말을 받아넘기던 장명진은, 그때부터 지금까지 한결같이 장명은을 지지하는 모습을 보여왔다.

문제는 장명우였다. 양쪽 귀와 코에 주렁주렁 달린 장명우의 피어싱은 무기 같기도, 방패 같기도 했다. 피어싱 주변 피부는 아파 보일 만큼 울긋불긋했다. 장명은은 그런 동생을 더더욱 한심스럽게 쳐다봤다. 그 눈빛을 피하기 위해서인지 장명우는 정육식당의 대표 메뉴인 국밥을 먹기 시작했다. 게걸스럽게 소리 내어.

*

분명 방금까지 국밥을 먹던 장명우는 어느 새 자신의 람보르기니 운전석에, 장명은은 그 차의 조수석에 앉아 있었다. 장명우가 국밥을 먹던 중 뛰쳐나온 건 장명진의 갑작스러운 폭주 때문이었다.

"씨발. 명진이 형이 더 꼰대가 되어버렸어."

"명우 네가 제대로 된 인생 궤도에 올라섰으면 하는 마음에서 말한 거란 생각은 안 들어?"

"아니! 그딴 말의 의도를 선하고 긍정적으로 생각하는 것 자체를 하고 싶지 않아."

"명우야……."

"난 그렇게 씨발, 수행하는 부처가 되어 살고 싶지 않다고!"

격앙된 감정을 더 소리 높여 내지르려 했던 장명우가 순간 입을 다물었다. 금연 중인 장명은 옆에서 장명우는 기어코 말보로 레드에 불을 붙였다. 장명은은 당황해하지도, 제지하지도 않았다. 그저 이렇게 생각했다.

'자유로운 영혼.'

장명은이 장명우를 수식할 때 쓰는 버릇 같은 말이자 장명우의 정체성 그 자체였다. 담배는 순식간에 절반 이상 녹아들었고, 장명우는 깊고 넓게 연기를 내뱉으며 여전히 흡연과의 전쟁 중인 누나의 심기를 어지럽혔다. 하지만 진짜 장명은의 심기가 뒤틀리는 상황을 맞이하는 건 지금부터였다.

"누나도 이제 쉴 때가 되지 않았나? 아, 이거 지나치게 도발적인 말인가?"

"갑자기?"

"갑자기는 아니지. 난 누나를 보면 항상 안타까웠어. 왜 누나 같이 뛰어난 인재가 기껏 아버지 구두 회사에서 일해야 하는지 이해가 안 됐다고."

순간, 장명은은 놀란 눈으로 바라보던 장명우에게서 시선을 거뒀다. 장명은이 의도적으로 다른 곳을 바라보자 이번엔 반대로 장명우가 더 지긋이 그녀를 바라봤다. 그러고는 물었다.

"안 그래? 누나는 더 큰 무대에서 놀아야 한단 말이야."

"무슨 그런 생각을 다 했니? 쉴 거면 네가 쉬어야지."

"아니지, 누나. 난 너무 많이 놀았어. 매해, 매달이 안식년이었다고. Fuck! 허구한 날 돈만 쓰고 다니니 지겨워서 살 수가있어야지."

"그래서? 하고 싶은 말이 뭔데?"

장명은의 질문에 장명우는 잠시 조용해졌다. 찰나 같은 순간이었지만 분위기는 사뭇 진지해졌다. 그는 무척이나 자연스럽게 담배꽁초를 차 밖으로 내던진 후 장명은의 코앞까지 얼굴을 들이밀며 말했다. 장명우가 진짜 하고 싶은 말이었다.

"나도 이제 경영이란 걸 하고 싶어."

"지금 하고 있잖아. 너 삼호엔터테인먼트 사업부 대표야."

"장난해? 그게 사업이야? 난 그룹을 경영하고 싶다고."

장명우의 과거를 톺아본다면 한 단어로 요약할 수 있었다. 비루함.

셋째의 삶은 우울했다. 우울함의 기원은 여느 그렇고 그런 개발도상국 내지는 중진국 시절, 정경유착을 통해 성장을 경험한 이차산업의 역군들, 그중에서도 남자 사장이란 인종이 벌이는 여성 편력으로부터 시작된다. 장대혁 역시 여자를 좋아했다. 좋아했다는 말로는 터무니없이 부족했다. 미칠 듯이 탐했다고 말하는 게 더 정직할 것이다.

장대혁은 특전사를 전역한 직후 결혼했고 삼 남매를 낳았다. 세 부인과 함께. 스물다섯 살 처음 맞은 첫째 부인 이후 장대혁은 둘째 부인, 셋째 부인을 연달아 맞아들이면서 앞 순번의 아내들을 갈아치웠다. 지금, 그러니까 치매 판정을 받은 이 순간 남아 있는 순번의 부인은 네 번째였다. 물론 공식적으로 네 번째 부인이지, 비공식을 합하면 한참 뒤의 순번일 것이다. 그의 정력과 더불어 따라붙는 여성들과의 염문은 열 손가락으로는 터무니없이 모자랐다.

그리고 소위 바람을 피우는 남자들이 대개 그렇듯 집안 단속을 엄격하게 하곤 했다. 장대혁은 자신의 바람기를 잠재울 수 없다는 걸 잘 알고 있는 첫째 부인을 침묵하게 만들기 위해 자식 농사를 엄하게 하는 방법을 택했다. 훈육의 희생양은 놀랍게도 초등학교 6학년 때부터 아버지 장대혁의 기호품 시가를 훔쳐 피우던 장명우였다. 장명우는 아버지와의 기억을 떠올리면 엄청난 속도와 강도로 두들겨 맞은 것 외엔 전혀 떠오르는 게 없다고 말하곤 했다.

그래서였을까. 장명은은 장명우가 경영 일선, 그것도 그룹 경영에 나서겠다고 하는 발상 자체를 의심하고 있었다. 그 의

심은 손쉽게 다른 누군가가 뒤에 있으리라 생각하게 했다. 누군가 장명우를 조종하는 이가 있지 않고서야 그가 이런 생각조차 할 리 없다고 확신했다. 장명은은 자연스럽게, 용산에 위치한 본가를 지키고 있는 한 여자를 찾아가야겠다고 마음먹었다. 장대혁의 넷째 부인이자 현재의 조강지처인 오성은이 그곳에 있었다.

*

"연습 그만하자. 그만하고 물이나 가져와."

"하지만 선생님, 내일까지 촬영하려면 대사랑 동선을 좀 맞춰야……."

"시끄러워! 물이나 가져오라니까?"

오성은이 짜증을 내며 소리치자 로드매니저는 잔뜩 풀 죽은 표정을 지으며 정수기 쪽으로 향했다. 본가 지하에 마련한 연습실은 엄청난 규모를 과시했다. 오십대 나이가 무색할 정도로 날씬한 몸매를 지닌 오성은이지만, 세월의 흔적마저 온전히 비춰내는 전신 거울 속 자신의 주름 가득한 얼굴을 보면 늘 기분이 좋지 않았다. 차기작으로 맡은 작품은 여주인공의 엄마였다. 대본 연습은 오성은의 가라앉은 기분과 함께 중단됐다.

로드매니저가 건네준 생수를 마시면서 오성은은 제법 차분히 생각이란 걸 해봤다. 거울에 비친 자신에 대해서. 돌이켜보면 그녀는 스스로에 대해 제대로 생각해본 적이 없었던 것 같았다. 그녀는 자신이 천상 배우라는 자의식을 한 번도 의심해본 적이 없었고, 여전히 현장에서 받는 스포트라이트를 사랑했다. 연기할 때만큼은 자신이 살아 있다고 느꼈다. 하지만 스무 살 차이가 나는 장대혁과의 결혼 이후 모든 게 달라졌다. 현장도, 자신에게 쏟아지던 스포트라이트도 전과 다르게 다가왔다. 주어지는 배역도 형편없어졌다. 여론은 냉정했다. 대중은 오성은이 헌신적으로 섬기던 첫째 남편이 무일푼의 백수라는 사실에도 굴하지 않고 결혼 생활을 유지하려 했다는 점을 높이 평가했다. 하지만 두 번째 결혼 이후, 그런 그녀의 선택에 대중의 마음은 돌아서버렸다. 이혼한 지 반년도 되지 않아 재혼을, 그것도 장대혁과 결혼을 한다는 사실이 알려지자 영화, 드라마, 광고 어느 쪽에서도 오성은을 찾지 않았다. 오십대의 오성은은, 자신이 여전히 농도 짙은 멜로 영화의 주인공이 될 수 있다고 생각했지만 더는 그런 기회가 주어지지 않을지도 몰랐다. 괜스레 모골이 송연해지던 우려는 비슷한 현실이 되었다.

　그렇게 자신이 가진 모든 걸 희생하다시피 하며 선택한 결혼이었다. 자신의 남편이 회사 중역들에게 치매를 전시해버린 지금의 상황을 용납할 수 없는 이유였다. 오성은은 이대로 물러설 수 없다는 절박함에 눈을 떴다. 이대로 자신의 인생이 비루하고 수치스러워질 수 없다는 결심과 맞닿은 마음이었다.

그 결의에 가장 먼저 다가온 건 장명우였다. 장명우는 오성은이 장대혁과 결혼하기 이전부터 알고 지낸 인연이 있었다. 연예계 망나니 장명우가 경영하는 삼호엔터테인먼트로 인한 친분이었지만, 지금 상황에서라면 더더욱 둘의 만남은 묘한 필연성을 갖게 됐다.

*

"어머니."

"뭐?"

"왜요, 어머니? 뭐 잘못됐어요?"

"다시 말해봐."

"어색하세요, 어머니? 어, 머, 니."

갑작스레 촬영 현장에 찾아와 돌발 발언을 하는 장명우로 인해 장명은은 잠시 당황했지만, 이내 침착했다.

"그래. 촌각을 다투실 정도로 바쁜 장명우 대표님이 여긴 어쩐 일이지? 그리고 그…… 지칭은 좀 놀랍네."

"뭐가 그렇게 놀라우세요? 그럼 뭐라고 불러요? 여사님이라고 불러드릴까요? 그건 너무 형식적이잖아요. 나이도 들어 보이고."

"여사 같은 소린 절대 입에 담지 마."

"명심할게요."

오성은은 미소를 지은 채 고개를 끄덕였다. 아까 로드매니저가 가져온 물은 이미 바닥을 보이고 있었다. 오성은이 전자담배를 입에 물며 말했다.

"신소리 그만하고. 왜 날 찾아왔어?"

"아들이 어머니 찾는 게 당연하지."

"그런 상투적인 말 집어치우고 말해봐. 왜 찾았냐고, 날."

촬영 현장에 분명 '금연'이라 표기되어 있었지만 오성은은 누구의 눈치도 보지 않고 담배를 피웠다. 감독도 쉽게 벌이지 못하는 현장 흡연이었지만 지금까지 누구도 그녀를 제지하지 않았다. 그 모습을 장명우가 물끄러미 바라보며 피식했다. 웃음 띤 얼굴로 장명우는 오성은의 질문에 답하기 시작했다.

"급해서 찾았어요. 지금 상황 급한 거 잘 알잖아."

"하긴. 급하긴 급하지. 너희 아버지, 장 회장이 그렇게 회의장을 아수라장으로 만들어버렸으니까. 그런데 너."

"말하세요."

"전혀 몰랐어? 영감탱이 미친 거."

"미친 건 아니죠. 주치의 선생은 그 증상을 정확히 특정할 수 없다고 했어요."

"그게 미친 거지. 병명도 명확하지 않은 거면 미친 게 딱 맞는 거 아닌가?"

"알츠하이머, 그러니까 치매 초기 증세라고는 들었어요. 그리고……."

"그리고?"

"전혀 예상 못 했어요. 아버지가 그럴 줄은, 전혀."

"그래. 이사들한테 그날 일 전해 들은 뒤부터는 마음이 너무 괴롭더라. 너희 아버지 생각하면 눈물만 나고."

"그래요. 눈물이 앞을 가리죠."

"그래, 눈물이……."

손에 쥔 컵을 만지작거리며 떨리는 육성을 쏟아내는 오성은의 말투, 몸짓에서 장명우는 연기자답다는 인상을 지우기 어려웠다. 연출을 방해라도 하는 마음으로 장명우는 다시 대화를 이었다.

"그래서 어떻게 하실 거예요?"

"그게 무슨 뜻이니?"

"회사 일 말이에요. 앞으로 어떤 식으로 개입하실 거냐고요."

"내가 뭘 어떻게 할 수 있는데?"

"정말 몰라요?"

"뭘 말이야. 나한테 뭘 바라는 거야?"

순간 장명우는 오성은에게서 대책 없는 백치미가 느껴졌다. 그렇다면 정확하게 설명해줘야 그가 이곳에 온 의무를 다하는 것이리라 생각했다.

"그럼, 다른 방식으로 물어볼게요. 내가 어머니에게 진짜 바라는 걸 말하면, 그러면 안 죽을 자신 있으세요?"

"죽는다니, 그게 무슨 뜻이야?"

"뭐든지요. 경제적이든, 연예계에서든."

"그런 뜻이라면 이렇게 답할 수밖에 없어."

"어떻게요?"

"난 기본적으로 안 죽어. 늘 불사조같이 살아남았거든."

오성은의 확신에 찬 눈빛을 본 장명우는 망설이지 않기로 했다. 장명우가 들고 온 서류를 꺼내 오성은에게 내밀었다. 그녀가 이해하기엔 다분히 복잡한 데이터가 담겨 있는 서류였고, 그곳에 적힌 자극적인 표현이 오성은의 미간을 절로 찌푸리게 했다. 긴장할 수밖에 없는 메시지. 오성은의 마음이 가벼울 리 없었다.

서류를 모두 훑어본 오성은이 의외로 한결 편한 표정이 되어 장명우에게 말했다.

"밥 먹었어?"

"뜬금없이 밥은 무슨."

"가자. 내가 맛있는 거 사줄게."

*

오성은과 장명우의 광장시장 데이트는 이색적이었다. 오성은의 로드매니저와 경호실장은 물론, 24시간 장명우를 따라다니는 수행 비서도 북적거리는 시장 안으로는 들어오지 못했다. 오성은은 광장시장 구석진 곳에 자리 잡은 순댓국집으로 장명우를 데려갔다. 갓 끓인 뜨거운 순댓국 두 그릇이 두 사람 앞에 놓였다. 아마도 중년을 넘어 노년을 바라보기 시작한 것으로 보이는 순댓국집 주인이 식당 한구석에 앉아 담배를 피워댔다. 주위의 손님은 아랑곳하지 않은 채. 장명우는 가게 안에서의 흡연 장면이 그려내는 기괴함보다 자신의 맞은편에 앉아 순댓국을 흡입하듯 먹는 오성은의 모습으로 인해 절로 인상이 구겨졌다.

"못 먹는다며? 순댓국."

"알고 있었네요?"

"왜 모를까. 명우, 너 순댓국 싫어하잖아. 너 어렸을 때 기억난다."

"새엄마가 나 어렸을 때를 안다고요? 언제요?"

"네가…… 고등학교 때. 그때도 지금처럼 머리를 샛노랗게 물들였었지. 그때 너희 아버지, 그 미친놈과 너를 포함한 자식 새끼들이 뒤엉켜 밥을 먹을 때였어."

"그런데요?"

"그때 명우 네가 아버지가 억지로 끌고 간 순댓국집에서 숟가락도 들지 않는 결기를 보여줬었지."

"하! 하하……!"

"왜 웃니? 뜬금없이 재수 없게."

"그때 기억나요? 나 순댓국 안 먹는다고 존나 버티니까, 아빠 그 미친 사이코 새끼가 내 아구창이 너덜너덜해질 때까지 두들겨 팼잖아. 그런데 그게 무슨 결기야, 씨발."

"너, 나한테 시비 걸려고 만나자고 했어? 이 새엄마가 그걸 결기라고 멋있게 표현하면 곧바로 결기가 되는 거야. 모르겠어?"

"그래요. 그렇다고 해두자고요. 그건 그렇고. 다 알면서도 날 순댓국집으로 데려와 허락도 없이 순댓국을 시켜요?"

"나도 처음에 네 아버지, 장대혁 씨 만났을 때 그랬어."

"……."

"명색이 나도 한국의 트로이카, 그러니까 3대 여배우 중 한 명이었다. 명우, 넌 인정하기 싫겠지만."

"아이고, 트로이카? 그런 말 자체가 너무 진부해. 그래서 아예 관심 자체가 없어요."

"관심이 있든 없든. 그런 내가 이런 곳에 와서 순댓국을 먹을 수 있었겠어?"

"그런데 또 아버지가 억지로 끌고 왔겠지."

"잘 아네."

"그러고선 상대방 의사 묻지도 않고 순댓국을 시키며 말했겠죠. 다 이런 거 한 그릇 먹고 살자고 싸우는 거야. 임자도 들어."

장명우의 익살스러운 성대모사에 오성은은 한참을 웃었다. 웃음소리가 멎고, 장명우를 지긋이 바라보던 오성은이 무언가를 식당 테이블 위에 올려놓으며 말을 이었다. 아까 장명우가 오성은에게 건넨 서류였다.

"나도 처음엔 순댓국 입도 못 댔어. 그런데 너희 아버지가 내 입으로 이 순대가 들어가게 하더라."

"그래서 뭐, 어떻게 해드릴까? 나도 그 목구멍 속에 이 순대 잘 들어가라고 집어 처넣어드려? 식구는 그렇게 결성되는 거라며."

"누가 그딴 말을 한 거지? 겁도 없이."

"누구긴 누구야. 당신 남편, 그 미친 새끼지."

자기 아버지를 이토록 자연스럽게 미친 새끼라고 말하는 장명우을 보며 피식 웃음 짓던 오성은이 고개를 끄덕였다.

잠시 후 장명우는 테이블에 놓인 서류, 오성은이 보유한 지분 일부의 권한 이양에 동의하는 각서를 머릿속으로 펼쳐본 뒤 순댓국을 다시 바라봤다. 그러자 놀라운 일이 벌어졌다. 냄새 때문에 절대 먹을 수 없던 그 순대들이 입안으로 잘도 들어가는 것이었다. 장명우는 그렇게 오성은이 보는 앞에서 순댓국 한 그릇을 시원하게 비워 없앴다. 그사이 담배 피우는 식당 주인에게 볼펜 한 자루를 빌려 돌아온 오성은은, 장명우의 눈앞에서 각서에 서명했다.

"이거, 이 양해각서라는 거에 관해 설명 좀 해봐. 영화에선 늘 익숙하게 서명해왔고 그래서 하긴 했는데, 무슨 용도로 쓰이는지 알아야지?"

"하긴. 우리 오 여사, 재벌가 암투를 다룬 막장 드라마 단골 배우였지?"

"놀리지 말고 말해보라고. 양해각서가 뭔지. 수틀리면 다 찢어버린다?"

오성은은 험하게 구겨진 양해각서를 테이블 위에 대충 펼쳐 올려놓고선 손가락으로 탁탁 치며 답을 요구했다. 장명우는 물 한 모금 시원하게 들이켠 뒤 말을 이었다.

"쉽게 말해드릴게. 삼호그룹에서 내가 경영권을 차지하면 결코 나 혼자 먹지 않게 되게끔 설계한 각서라는 거야."

"효력은?"

"오 여사, 나 못 믿어?"

"내가 널 어떻게 믿니? 아니, 명우야. 넌 날 믿어?"

"그래……. 못 믿겠지. 우리가 믿음으로 이뤄진 사이는 아니니까."

"알긴 아네."

"하지만 말이야. 난 못 믿어도 상황은 믿으셔. 지금 상황은, 그러니까 권력 구도는 나한테 쏠리게 돼 있어."

"왜? 어떤 면에서?"

"주주들도 그렇고, 흐름이 그렇다고. 아버지란 그 미친 새끼가 구두만 제대로 만들면 되는데, 쓸데없이 건설이니 미디어니 뭐니 잔뜩 벌이다 보니 지금은 거의 자본 잠식 상태야. 그나마 상환 능력이나 쩐주들 끌고 올 능력은 이제 삼호엔터테인

32

먼트, 그러니까 나 장명우에게나 있단 말씀."

"정말이야?"

"새어머니, 믿기 어려우시면 증권가 지라시 좀 적극적으로 들여다보세요. 되지도 않는 연기 연습에나 몰두하지 마시고."

그렇게 장명우가 지껄이는 동안 오성은의 눈은 창밖을 향했다. 옛날만큼은 아니지만 광장시장엔 여전히 많은 인파가 모여들고 있었다. 오가는 사람으로 가득한 창밖 풍경을 잠시 살피던 오성은이 다시 장명우를 바라봤을 땐 안도와 안식의 표정으로 돌변해 있었다.

"난 원래부터 막내가 좋았어. 그것도 특별히."

"왜 막내가 좋은데요? 그것도 특별히?"

"막내는 뭐랄까. 빚진 게 덜한 느낌이잖아. 뭘 해도 쿨하고, 자유롭고."

"그 말은 내가 형, 누나보다는 다루기 편하다, 그 말이죠? 그거 좋아. 서로 데리고 놀기 편한 거."

"말하는 싸가지 하고는."

지극히 상투적이지만, 또 그만큼 안도하는 말을 뱉을 수 있을 정도로 오성은은 이 상황을 받아들이는 듯했다. 장명우도 그런 오성은의 모습을 보며 절로 미소를 머금었다.

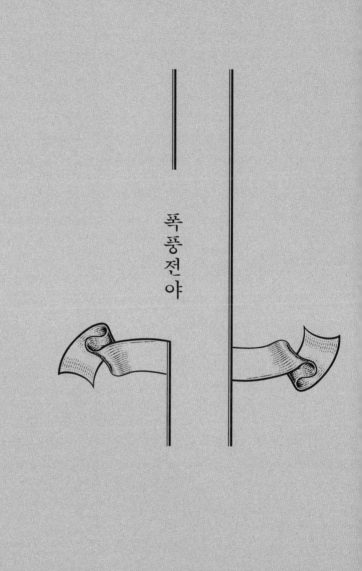

폭풍전야

그로부터 이틀 후, 삼호그룹 긴급 이사회가 소집되었다. 국내 20위권의 권위를 갖춘 기업답게 체모를 그럴듯하게 갖췄으면 좋겠지만, 이사회 회의장은 산만하기 이를 데 없었다. 엄청나게 거대한 테이블을 제외하고는 의자 위치도 저마다 제각각이었고, 사회자도 없어서 홍보과 대리란 인물이 마이크를 잡았다. 본래 의전이나 회의 진행, 고위 임원급 담화나 의사결정 등은 둘째 장명은의 몫이었다. 하지만 장대혁이 입원한 후, 그녀는 일체 그 일들을 하지 않고 있었다. 이는 장명은 개인의 의사라고 보기보다 경영권 논쟁에 민감하게 섞여들 인물을 배제하자는 이사진의 지배적인 의견에서 비롯된 것이었다.

실상 삼호그룹은 국내 20위권 규모의 글로벌 선진 기업 수

상 등의 외적인 화려함에 비해 그룹 내 조직 구성은 형편없는 수준이었다. 부회장이나 전무이사 등의 형식적인 직함은 존재했지만, 모두 장대혁의 사업 초기에 함께 막걸리를 마시며 성장해온 촌부들이었다. 이 모든 게 장대혁의 큰 그림이었다고 말한다면 우습게 들릴지도 모르겠다. 하지만 장대혁은 기업이 본격적인 성장을 겪기 전에 허수아비 이사진을 포진시켜놓음으로써 이후 편안하게, 그러니까 자신의 뜻대로 주무르듯 기업을 관리해나갔다. 장명은은 늘 위기의식을 느꼈다. 전문경영인까지는 아니어도 그룹 전체를 조율하고 관리하는 데 필요한 인력이 있어야 한다고 생각했다. 그렇기 위해선 창업 공신이면서도 똑똑하고 충성스러운 이들이 곁에 있어야 한다는 게 그녀의 생각이었지만, 장대혁은 자신과 자신의 피를 물려받은 자식 외의 사람에겐 중요한 역할을 결코 허락하지 않았다. 물론 한 명 정도의 예외라면 예외는 있었는지도 모르겠다.

이사회는 흡사 수산물 경매장을 방불케 하는 분위기였다. 이사들과 소액주주들, 기타 관계자들이 중구난방으로 떠들어대는 통에 정신이 하나도 없었다. 그래도 안건 상정은 이루어졌다. 엄밀히 말하면 채권자들의 압력으로 정해진 것이었지만, 공통적으로 단 하나였기에 시간이 별로 걸리진 않았다. 그 중차대한 안건은 회의 진행자, 홍보과 대리라고 자신을 소개했지만 장명은은 단 한 번도 보지 못한 인물이 발표했다.

"정확히 보름 뒤 총회를 거쳐 새로운 대표이사 선출을 진행하는 데, 의견을 모으는 것으로 하겠습니다."

물론 장명은은 알고 있었다. 그 홍보과 대리 배후에서 진두지휘하는 인물이 박 상무라는 사실을. 아버지 장대혁과 오랜기간 거의 동고동락의 삶을 꾸려온 인물 박현철. 장명은의 시선은 자연스럽게 회의실 가장 후미에 자리 잡은, 이마에 주름이 가득한 그를 향하고 있었다. 그녀는 늘 위태롭게 짐작하고 있었다. 임원 직함을 계절마다 갈아치우는 가운데에도 장대혁의 놀잇감이 되지 않은, 늘 생명력을 보장받았던 예외로서의 한 사람이 바로 박현철 상무라는 사실에 관한 것이다. 장명은의 생각이 그 지점까지 미칠 때였다. 그때, 박현철의 시선도 장명은을 향했다.

박현철은 삼호그룹의 주력 브랜드 계열사인 삼호제화의 핵심 구성원으로 자리 잡은 일종의 터줏대감이었다. 어쩌면 그룹의 임원 중 유일한 브레인이라 할 수 있었다. 그는 장명은의 최측근이었지만 장명은은 사실 그에 대해 별로 아는 게 없었다. 미국 어딘가에서 경제학을 공부했으니 믿고 써보라는 아버지 장대혁의 청탁에 의해 지금 장명은의 곁에 있을 뿐 좀처럼 곁을 주기 어려운 인물이었다. 어떤 업무적 성과를 거뒀는

지도 실체가 지독하게 모호한 인물. 장명은에게 그는 그 이상
도 이하도 아니었다.

　이 시점, 장명은은 박현철이 무슨 생각을 가졌는지, 어떤 계
획으로 현재 상황을 헤쳐나갈지 전혀 궁금하지 않았다. 그녀
의 관심사는 단지 새로운 대표이사 선출, 그 하나였다. 그리고
장대혁을 대신하는 그 자리에 자신이 앉아야 한다는 생각을
떨쳐버리지 못했다. 현재 기획본부장으로 있는 자신만큼 삼호
그룹을 효과적으로 통솔할 수 있는 존재는 없다고 생각했다.
물론 그 생각이 가족기업을 향한 책임감에서 비롯된 것인지,
아버지의 그늘에서 벗어나 제대로 된 경영권을 행사하고 싶은
것인지는 쉽게 파악하기 어려웠다.

*

　오성은과 장명우 사이의 암약이 이뤄졌다는 소식은 삼호그
룹 당사자들보다 증권가 지라시를 통해 더 신속하게 번졌다.
작전세력이라고까진 할 수 없어도, 주가의 흐름만으로 투자자
들은 장대혁 이후 체제를 예민하게 점쳤다. 그리고 소문이 돌
던 바로 다음 날, 장명은이 앉을 기획본부장실 책상 위에 올려
졌다. 지라시 이야기를 그대로 옮겨 담은 보고서는 제법 정돈

된 기획서처럼 깔끔하고 사무적으로 비쳤다.

장명은이 이끄는 기획전략본부실의 스무 명 가까이 되는 직원들은 작금의 사태 앞에서 어떤 형태로든 기민하게 반응해야 했다. 심지어 장명은이 이 상황을 너무 안이하게 보는 것 같다며 아쉬움까지 피력했다. 장명은을 가까이서 보좌하는 법무팀 변호사 최 과장의 반응이 대표적이었다.

"변호사님, 잠깐만요."

그의 말을 계속 듣고 있자니 장명은은 머리가 아파질 것 같아 최 과장의 말을 중단시켰다. 작금의 경영 위기를 신나게 떠들던 최 과장은 장명은의 신경질적인 반응에 순간 입을 다물었다. 그가 조용해진 틈을 타 장명은이 말을 이었다.

"최 과장님 지금 이 상황, 월권이란 생각은 안 해보셨어요?"

"죄송합니다. 하지만 이대로 본부장님이 경영 일선에서 물러나실지도 모른다는 위기감이 들어 그렇습니다. 그럼 너무 억울하잖아요."

"억울해요? 누가 억울한데요?"

"당연히 억울하죠. 본부장님이 실질적으로 일선에서 이리 뛰고 저리 뛰는데, 그런 공적을 인정받지 못하고 경영권을 빼앗겨버리면 그만큼 억울한 일이 어디 있냐 이 말입니다."

문득 장명은은 작년 송년회 자리에서의 최 과장을 기억했다. 강남 테헤란로에 자리 잡은 이자카야는 연말의 들뜬 분위기가 가득했다. 그 가운데서 술이 거나하게 취한 최 과장은 긴장감이 몽땅 풀린 상태로 취중 진담을 늘어놓았고, 그건 장명은의 뇌리에 오랜 시간 머물렀다.

"본부장님, 당신 같은 사람은 절대 알 수 없는 세계가 있어요."

"어떤 세계요? 사람이 모르는 세계는 없어요."

"그게 착각이란 말이죠. 본부장님이 한 번도 경험해보지 못한 말단 직원의 세계, 매년 승진 걱정해야 하고 자기 목숨줄 걱정해야 하는 세계. 그런 세계에 관해 본부장님은 몰라요."

"맞아요. 모를 수도 있죠. 그래도 모르는 게 죄는 아니에요. 오히려 축복이죠."

"하지만…… 하지만 말입니다, 본부장님. 본부장님은 절대 알 수 없는 그 세계에서 본부장님만을 마지막 동아줄로 믿고 죽어라 붙잡고 있는 부하 직원들을 생각해서라도……."

최 과장은 순간 자신이 말을 잘못하고 있다고 생각한 건지, 뒷말을 잇지 못한 채 머뭇거렸다. 장명은은 갑자기 얌전하게 구는 최 과장이 우습다는 생각을 하며 그가 말을 마칠 수 있게끔 도왔다.

"계속 말씀하세요, 어서요."

"네. 말하자면, 분발해주세요."

분발이라는 말, 작년 송년회 때는 전혀 감을 잡지 못했다. 하지만 장명은에게 지금 이 단어만큼 현실의 깊이를 체감할 말은 없을 것이다. 기획본부장실에서 장명은이란 존재가 퇴출당하면, 이곳에 남아 있는 소위 장명은 라인은 죽은 목숨이나 다름없게 된다. 더욱이 장명우 삼호엔터테인먼트 대표의 기상천외한 기행을 잘 알고 있는 이들이라면, 그 어떤 합리적 선택도 기대할 수 없으리란 사실도 잘 알고 있을 터였다.

분발을 위해 장명은은 고심해서 대응책을 마련해야 했다. 자기만 바라보는 식구들을 위해서라도, 그녀의 대응은 상식선 그 바깥을 지나야 할지도 몰랐다.

*

"나를 진짜 찾아올 줄은 몰랐네."

장명진의 얼굴엔 당황하는 낯빛이 역력했다. 당황스러워하는 그의 모습은 흡사 불륜 현장을 들킨 중년 남자가 보여줄 법한 의외의 뻔뻔스러움도 조금 묻어 있었다. 그 표정이 재밌다는 듯 바라보던 이는 바로 동생 장명은이었다. 둘은 두 평 남짓한 작은 공간에서 한 명은 문 앞에, 한 명은 창가에 엉거주춤

선 채로 서로를 바라보고 있었다.

"나 오는 거 예상 못 한 건 못 한 거고. 이대로 세워둘 거야?"

"그, 그래. 앉자. 여기 앉아. 앉을 데가…… 어디 보자……."

"이거 소파 맞지? 이 잡동사니들이나 좀 치워줘."

"아, 어. 알았어."

장명은이 찾은 곳은 해동대학교였다. 해동대학교 경상대학 경제학부 장명진 교수 연구실 안에 들어온 장명은과 그 방 주인의 조우는 둘의 낯선 말투만큼이나 어색했다. 사실 장명은은 이곳 오빠의 직장에 와본 적이 한 번도 없었다.

그런 장명은이 책상 위에 놓인 교수라는 직함이 적힌 명패를 흘깃 바라봤을 때였다. 그녀에게서 반사적으로 질문 하나가 쏟아져 나왔다.

"오빠는 교수가 좋아?"

"좋고 말고가 어디 있어."

"아니, 그래도 직업적 애정이나 소명감 같은 게 있으니까 교수를 계속하는 거 아니야?"

"명은아, 직업이라는 건 좋고 싫고의 여부로 판단하는 게 아니야. 내 나이쯤 되면 그냥 무감각하게 하게 되는, 그냥 일인 거지."

"도인 다 되셨네."

"헛소리 그만하고. 커피 마실래?"

"커피가…… 마시고 싶으면 있어?"

"일단 물부터 끓이고 생각해보자."

장명은이 피식 웃었다. 장명진은 그 나름의 헛똑똑이 느낌으로 무장한 꽃중년이었다. 꽃중년이란 말은 장명은이 오빠를 위해 지어준 최상의 별명이었다. 5년 전에 이혼한 뒤, 지금까지 줄곧 독신으로 지내온 장명진의 나이도 이제 지천명을 넘어섰다. 현실은 꽃중년이 아니라 독거노인 초입에 들어서기 직전이었지만, 그래도 장명은에게 장명진은 20년 전에 찬란하게 빛났던 한때의 오빠였다. 그 오빠, 장명진이 허겁지겁 캐비닛을 열고 커피포트 몸체와 플러그 전선을 찾아냈다.

"오빠는 계속 이렇게 살고 싶어?"

"이렇게 사는 게 뭐 어때서?"

"경제학 전공했잖아. 나도 그렇고."

"그런데?"

"경제학 전공하면 기업을 직접 경영해보고 싶지 않아? 더욱이 공식적이든 비공식적이든 오빠 지분이 삼호그룹에서 제일 많아."

"경영은 아무나 하는 게 아니야. 그리고 너도 알다시피 그 지분, 상징적인 거지. 우리 아버지가 그 상징적 지분을 실제로 우리에게 나눠준 적도 없고."

"경영에 관한 말인데, 아빠도…… 그 아무나였어."

"장명은 너, 아버지 쓰러졌다고 너무 막말한다."

"아니. 정확히 팩트를 말한 거지. 아빠가 경영의 '경' 자도 모르고 닥치는 대로 기업을 꾸려온 거, 오빠도 잘 알잖아."

장명진과 장명은이 대화하는 동안, 교수 연구실에는 두 명의 학생과 한 명의 조교가 노크도 없이 들락거렸다. 분명 재실 상태인 걸 알 텐데도 노크조차 하지 않는 그들의 침입이 장명은은 못내 거슬렸지만, 장명진은 아무렇지도 않은 표정이었다. 이런저런 잡념이 스며들 즈음, 장명진이 말을 이었다.

"명은아, 장명은."

"……"

"그말인즉슨, 그렇게 경영하는 게 대한민국에서는 먹힌다는 거잖아. 그게 중요한 거 아니야?"

씁쓸하지만 분명히 옳은 진단이었다. 장명은은 자신도 모르게 짧은 한숨을 터트렸다. 대한민국에서 아직도 통하는 사업, 그게 바로 족벌 기업이고, 1인 체제이고, 주술과 운과 인맥에 기반을 둔 사업이었다. 장명진과 장명은의 공통분모인 아버지 장대혁은 2024년에 이른 지금까지 그렇게 사업을 끌고 온 것이다. 씁쓸한 표정을 짓고 있는 장명은에게 장명진은 본론을 얘기했다.

"들었어. 명우가 아버지의 네 번째 부인, 오성은과 손을 잡았다지."

"솔직히…… 그건 예상하기 어려운 일이었어."

"왜 예상이 어려웠는데?"

"오성은 씨는 욕심도 많지만, 그만큼 겁도 많은 사람이라고 알고 있었거든."

"겁이 많다?"

"응. 조심성이 많은 사람이라고 생각했어."

"그런데 아니야?"

"아니었어, 어떤 면에서는."

"어떤 면이라면?"

"명우."

"……."

"명우와 손잡는다는 거, 거의 폭탄을 드는 것과 같은 뜻임을 모르지 않을 텐데."

"폭탄이라……."

"맞지, 폭탄. 명우한테 사기 지분을 협상 카드로 내건다는 게 어떤 의미인지 알았을 거 아니야. 명우가 어떻게 경영을 훼손할지 훤히 알면서도 공조를 한다는 게 이해되지 않는다고."

"난 이해가 되는데."

"어째서?"

"명우는 그 여자를 우리처럼 오성은 씨라고 부르지 않아. 새엄마라고 부르지."

"……."

"사업은 그렇게 운과 정이 결정짓는 거야."

운과 정. 듣기만 해도 장명은의 숨을 막히게 하는 말이었다. 운도 정도 모두 즉물적인 것이 휘발된 무의미한 개념이었다. 하지만 장명은이 배운 경제의 논리는 그것들과 정반대였다. 정확한 예측이 가능하고, 거기에 적절하고 절묘한 의미와 목표 의식이 스며든 사업 지향점이 수립된 상황을 학습해왔다. 그래서일까. 잠시의 시간이 흐른 뒤에도 장명은의 숨 막히는 답답함은 가라앉지 않고 더 깊어졌다.

"그래. 오빠도, 아니 오빠가 더 잘 알고 있는 것 같으니 본론을 물을게."

"지금까지가 본론 아니었어?"

"농담하지 말고. 이대로 둘 거야?

"뭘?"

"모른 척하지 마. 명우와 오성은 씨 말이야."

"……."

"명우가 오성은 씨 지분 다 몰고 와서 삼호그룹 대표 자리 차지하게 그냥 내버려둘 거냐고."

"명은아, 난 너처럼 삼호그룹에 미련이 없어."

"오빠, 이건 그렇게 간단하고 낭만적으로 생각하고 넘어갈 문제가 아니야."

"네가 본론을 말했다면, 난 결론부터 미리 말해줄게."

"오빠."

"장명은, 난 너와 달라. 사업에 아무 관심 없어."

"진심이야?"

"응."

"그럼 다르게 물을게. 사업엔 관심 없어도, 정의와 공평엔 관심이 있지?"

"그게…… 무슨 뜻이야?"

"지금 내가 제안하는 건, 사실 사업과 전혀 상관없는 것일 수도 있어. 장명우와 오성은, 그 두 괴물이 손잡는 게 결코 공정하지도, 정의롭지도, 전혀 상식적이지도 않다는 걸 말하는 거야."

"그럼…… 미안한데, 그러는 넌?"

"난 뭐?"

"넌 공정하고 상식적이고?"

장명진의 말에 장명은은 이전보다 더 강하고 어려운 압박감을 느꼈다. 대답하지 못하는 장명은과 어차피 답을 기다리지도 않고 있는 장명진 사이에 어쩔 수 없는 심연이 드리워졌다. 쉽게 설명하거나 해명하기 어려운 심연이었다.

잠시의 침묵이 흐른 뒤, 장명은이 고개를 조금씩 끄덕이며 자리에서 일어섰다.

"그래, 알았어."

"뭘?"

"오빠의 현 상황이나 입장 알았다고. 그럼 나도 내 나름대로 움직여볼게."

"물 다 끓었어. 커피 마시고 가."

"나 믹스커피 안 마셔."

장명진의 말과 달리 커피포트는 애초부터 끓지 않았다. 플러그는 꽂혀 있지만, 멀티탭의 전원은 켜지지 않은 상태였다. 연구실 한쪽 벽면이 결로 현상으로 전열 전원이 중단된 상태였는데, 장명진은 그조차 알지 못했다. 종이컵에 물을 따를 때에야 물이 전혀 끓지 않았다는 걸, 커피포트가 작동되지 않았다는 걸 알았다. 그를 지켜본 장명은이 가볍게 미소 지은 뒤 물었다.

"그런데 오빠, 기억나?"

"뭐?"

"20년 전, 오빠가 나한테 해준 말."

"내가 20년 전에 너한테…… 어떤 말을 했지?"

"명은이 넌 참 똑똑하구나."

"똑똑?"

똑똑이란 말을 주억거리며, 장명진은 자연스럽게 과거의 한 장면을 떠올렸다. 장대혁이 술에 취해 세 번째 부인, 그러니까 장명우의 어머니와 용산 자택 1층 침실 바닥에 쓰러져 누워 있을 때, 장명진은 장명은이 가지고 온 하버드대학교 졸업 논문을 아버지 대신 펼쳐봤었다.

그 장면을 떠올리자 장명진은 쓴웃음이 났다. 자신도 경제학을 전공했지만, 온통 그래프와 영문 도표로 채워진 장명은의 그 논문을 단 한 문장도, 단 한 개의 도표도 의미를 이해하지 못했던 기억이 새삼 떠올랐다. 그런 장명진의 웃음이 어떤 의미인지 알고 있는 건지, 장명은도 따라 쓴웃음을 지었다. 그런 장명은을 향해 장명진이 물었다.

"그런데 그 말이, 지금 왜?"

"그렇지, 지금. 그 말이…… 이상하게도 머릿속에서 쉽게 떠나질 않아."

*

"누나는 이렇게 중차대한 시국에 어딜 그렇게 돌아다녀?"

"……."

"뭐, 바람 피워? 아니다. 바람이 아니지. 누난 이혼했으니까. 그럼 연애라고 해야 하나?"

"누나한테 못 하는 말이 없네."

"그래서 더 인간적인 건 아니고?"

장명은이 장명진을 만나고 돌아오는 사이, 장명우는 허락도 없이 기획본부장실에 들어와 그녀를 기다리고 있었다. 장명은은 정작 한 번도 사용하지 않은 최고급 안마의자에 앉아 리모컨을 내내 만지작거리던 장명우는, 사용법을 몰라 안마의자에서 우스꽝스럽게 몸을 이리저리 뒤척거리고 있었다. 장명은은 그의 예기치 않은 등장을 애써 자연스럽게 대하려 노력했다.

"무슨 일이야?"

"일은 무슨 일. 우리 남매가 할 얘기가 뭐가 있겠어. 다른 남매처럼 알콩달콩하긴 좀 그렇잖아."

"그러니까, 그렇게 우리 사이의 서먹함을 잘 아는 네가 무슨 일로 날 찾았냐고."

"중차대한 이 시국에 대해 논의하려고 찾아왔지."

"그래, 말해봐. 그 중차대한 시국이 뭔데?"

"누나도 지라시 봤지?"

"봤으면 뭐?"

"다 사실이야. 지라시가 아니라 공시 정보로 올려도 손색이 없을 팩트라고."

"그러니까. 그게 사실이면 뭐?"

"누나."

"오글거린다, 명우야. 다 큰 어른끼리 누나, 동생 이렇게 부르지 말고 본부장이라 불러. 그럼 나도 장 대표 하고 불러줄게."

"정말이야?"

"……."

"정말 내가 누나 본부장이라고 부르면 나 대표라고 불러줄 거냐고."

순간, 장명은은 장명우의 눈빛에서 무서움을 느꼈다. 순진무구한 낯빛을 띠고서 상대의 농담도 진담으로, 현실로 받아들이려 하는 그의 모습에서 강한 생명력을 분출하는 바퀴벌레가 떠올랐다. 장명우에게 지금 이 순간 어떤 말을 어떻게 들려줘야 할지 판단이 서지 않았다. 그러자 주도권이 기이하리만치 신속하고 어처구니없게 장명우에게로 돌아갔다. 장명우가 갑자기 장명은에게 가까이 다가가더니 초근접 거리까지 얼굴을 들이밀고선 조금은 역한 숨소리를 섞어가며 진지한 표정으로 말을 이었다.

"누나."

"……."

"손 떼, 이제."

"……."

"못 알아듣는 거야, 못 알아듣는 척하는 거야? 손 떼라고, 경영에서. 이제 이 동생이 멋지게 잘 일궈볼게."

"너 지금 농담하는 거지?"

"하…… 씨발. 내가 지금 이 바쁜 시간에 누나 데리고 농담이나 할 캐릭터로 보여? 진심이야. 100퍼센트."

장명우는 과도한 열정이 흘러넘치는 눈빛으로 장명은이 지금껏 쌓아 올린 업적을 일순간 붕괴시키려 했다. 그 말을 듣는 순간, 장명은의 눈시울이 뜨거워졌다. 문제는 장명은의 촉촉해진 눈빛을, 장명우는 자신을 위한 측은지심으로 읽었다는 사실이다.

"누나, 아니 본부장님. 잘 알겠지만 판 기울었어. 삼호그룹, 이제 나한테로 기운 배라고. 우주의 기운이 나에게로 쏠렸어."

"무슨 근거로 그렇게 확신해?"

"사업이 무슨 확신으로 되나. 단지 감이고 운이지. 누나, 운칠기삼이라는 말 들어봤어? 원래 사업은 운과 기세로 가는 거야. 지금은 내가 우주의 기세가 가장 센 거고, 운도 따라왔어. 그 운 중에는 사람 운도 포함되는 거고."

"하…… 그러냐."

"한숨 쉬지 말고 잘 입력해줘요, 누나."

여전히 역한 숨소리를 숨기지 않으며 장명우는 그 자신만만한 표정으로 히죽거렸다.

"누나, 삼호그룹 내가 한번 이쁘게 잘 성장시켜볼게."

"……."

"그러니 이 동생, 한번 믿어주세요."

"야, 명우야."

"대표라고 부르라니까."

"주접떨지 말고. 명우야."

"……왜?"

"뭐, 아무튼 무운을 빈다."

장명우가 잠깐 멈칫하다가 장명은을 바라보며 물었다.

"무운이 뭐야?"

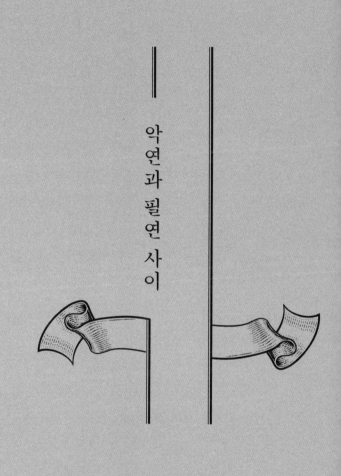

악연과 필연 사이

분기마다 한 번은 찾게 되는 곳. 하지만 장명은에게 지금 금융감독원의 방문은 결코 편한 느낌이 아니었다. 편하기는커녕 그 어느 때보다 심기가 불편한, 재앙에 가까운 우울함이 장명은의 마음과 몸을 사로잡았다.

　사적 인연의 악순환이 지금의 장명은을 더 비참하고 어렵게 만드는 것일 수도 있었다. 자녀 없이 이혼한 소식은 4년이 지난 지금도 언론을 포함한 레거시 미디어를 비롯해 각종 유튜브 채널에 가십거리로 등장했다. 재계 20위권에 속하는 삼호그룹 둘째 딸의 이혼이란 이슈 자체에서 가십을 찾아볼 수 있는 여지도 충분했지만, 장명은의 남편 김예훈 역시 은근히 지속적으로 언론에 노출되는 인물이었기에 여기저기서 회자하는 빈도수가 예사롭지 않았다. 경제 전문가로, 금융감독원 대외홍보팀 국장으로 4년마다 돌아오는 총선에서 여야를 가리지 않고 영입 제안을 받는 인물로 부각한 인물이었다. 그렇기에 그에게도 삼호그룹 출신이란 꼬리표는 쉽게 떨어지지 않았다.

"당신 요즘 바쁘다는 소문이 있던데."

김예훈은 장명은에게 커피 한잔 사주지 않았다. 장명은도 그런 기대 자체를 하지 않고 있었다. 둘은 금융감독원 건물 로비에서 만났다. 건물 1층에는 카페가 두 곳이나 있었지만, 김예훈은 자신의 오른손에만 스타벅스 마크가 확연한 종이컵을 쥐고 있을 뿐이었다.

"말에 가시가 있는 건 여전하네."

"가시가 아니지. 그걸 그렇게 감정적으로 들을 필요 없는데 말이야. 어쨌든 당신이 무척 바빠졌다는 소문은 사실일 거야."

"왜 그렇게 생각하는데?"

"우선 이렇게 찾아왔다는 게 이유지. 당신이 날 만나는 게 어디 보통 일이야?"

"왜? 전남편 살아는 있는지, 생존 확인하려고 안부 인사 겸 찾아올 수도 있지."

"웃기지 좀 마라. 당신이 내 안부를 물어? 지나가는 개가 웃겠다."

"지금 예훈 씨, 오버하는 거 알아? 지나칠 정도로 연극적이야."

"오버는 지금 당신이 하고 있어."

"……."

"내친김에 당신이 날 찾아온 이유도 말해볼까? 여기저기서 들려오는 소문이 장대혁 치매설이잖아. 그것 때문에 온 거고. 아니야?"

"예훈 씨."

"왜?"

"그래도 얼마간 당신한테도 장인이었어. 그렇게 말하는 건 좀 그러네."

"예의에 어긋나는 것 같다, 지금 이 말을 하고 싶은 거야?"

"물론."

"그래? 그럼 내가 사과해야 하나, 방금 그 말에……?"

무심한 말투로 김예훈이 장명은에게 물었다. 그런 김예훈의 얼굴을 한번 물끄러미 살핀 장명은이 이내 고개를 슬쩍 가로저었다.

"아니야. 됐어."

"그렇지. 고분고분하게 대답 잘하네. 자, 그럼 다시 본론으로 돌아와. 용건이 뭐지? 날 찾아온 본격적인 용건 말이야."

"본론이 남아 있다는 걸 이미 알고 있었네."

"잊었어? 우리 이혼했어. 법적 절차, 소송까지 끌어가며 이혼한 부부라고. 당신네 그 잘난 로펌팀의 전관예우 때문에 당랑거철로 쫓겨나긴 했지만."

김예훈은 말을 하면 할수록 부아가 점점 치밀어 오른다는 걸 느꼈다. 그 실감을 온몸으로 받아내야 하는 건 오롯이 장명은의 몫이었다. 장명은은 김예훈의 그 열등감이 싫었다. 가난하진 않아도 삼호그룹의 재력에 비하면 형편없는 소시민 출신인 김예훈이 태생적으로 가질 수밖에 없는 열등감. 김예훈은 그것이 열등감이 아니라며 부정할지 모르지만, 장명은은 지금까지도 김예훈을 열등의식에 물든 인간으로 보고 있었다. 하지만 그런 김예훈이라 할지라도 장명은은 지금 이 순간에는 말해야만 했다. 방금 김예훈이 짚은 그 용건, 본론을 말이다.

"맞아. 용건이 있어."

"그러니까 말하라고. 뭔데?"

"당신이 필요해."

"필요하다……? 조금 더 구체적으로 말해볼까?"

"당신과 힘을 합쳐야 해."

"무엇을 위해서?"

"당연히 경영권 사수를 위해서지."

*

장명우와 장명은의 전남편 김예훈 간의 미묘한 관계는 그들의 결혼 전에도, 그리고 이혼한 이후로도 계속되는 균열의 연속이었다. 장명우는 김예훈에게서 통상적 범주 이상의 야심을 읽었다. 통상 범위 내에만 있다면 마지막 순간에 선의로 포장될 수 있었지만, 결혼 전부터 장명은의 최측근으로서의 영향력을 키워오던 김예훈의 모습은 장명우는 물론 장명진까지도 불편하게 만들었다. 그리고 그 불편함은 그들의 이혼 이후에도 계속되었다.

김예훈의 입장에서 장명진만큼은 삼호그룹 가문에서 유일하게 정신이 제대로 박힌 인간이라 생각했다. 하지만 자신을 출세에 혈안이 된 야망덩어리로 취급하는 그의 시선에 김예훈도 점점 지쳐갔다. 그리고 이혼 과정에서 자신의 입장을 티끌만큼이라도 이해해주는 사람이 이 집안에 존재하지 않는다는 사실을 김예훈은 뼈저리게 깨달았다. 이미 생긴 균열은 절대 사라지지 않는다는 사실 확인이었다. 결국 그 균열이 김예훈에게는 악몽의 지속이었다. 김예훈은 장대혁의 가문이라면 치가 떨렸다.

물론 김예훈의 기억에도 사랑의 흔적은 남아 있었다. 장명
은과 한때 분명 사랑이란 걸 했었다. 김예훈이 삼호제화 경영
지원팀 신입사원으로 입사했을 때, 이미 핏줄이란 특권을 이
용해 낙하산을 타고 내려온 장명은과 경영지원팀 사무실에서
한솥밥을 먹으며 사내 연애를 시작했을 때, 그때의 기억과 감
정은 분명 사랑이었다.

하지만 결혼 이후 김예훈이 겪어야 했던 경험은 처음부터
끝까지 치욕이었다. 치욕의 시간이 끝도 없는 무간지옥처럼
펼쳐졌던 것이다. 그럼에도 김예훈은 누구의 탓도 할 수 없었
다. 그 무간지옥으로 등을 떠민 이는 다른 누구도 아닌 스스로
였기 때문이다.

엘리베이터 앞에서 김예훈을 멈춰 세운 건 장명은이었다.
보는 눈이 많았다. 때맞춰 점심시간이 끝나고 각자의 부서 사
무실로 복귀하는 직원들이 여기저기 있었다. 하지만 장명은은
잡고 있는 김예훈의 팔을 놓아줄 생각이 없었다. 김예훈은 그
런 장명은을 쏘아붙이듯 차갑게 바라봤다.

"좋은 말로 할 때 놓지?"

"부탁하는 거야. 사실 지금 상당히 어려워, 상황이."

"지라시 내용이 사실인가 보군. 당신도 어지간히 똥줄이 타는 모양이야. 그렇지 않고서야 사람들 다 보는 앞에서 이렇게 나온다는 게 보통 용기로 될 일인가."

"계속 비아냥거리지만 말고. 대체 어떤 정보가 새어 나오고 있는데?"

"알고 싶어?"

"빙빙 돌리지 말고 말해. 어떤 정보인지."

"그래. 알려줄게. 삼호그룹 셋째, 그 사고뭉치 처남 장명우가 오성은을 꾀어서 지분 통합을 일궜고, 결국 경영권 인수에 유리한 고지를 선점했다지."

"……."

"당신 기분 좆같지? 그런데 더 짜증 나는 건 그 사실이 단지 지라시로만 떠도는 게 아니란 거야. 증권가나 투자사 직원들은 확실한 정보, 대세로 알고 있다는 거야. 알겠어?"

직원들이 한차례 폭풍처럼 지나간 뒤였다. 엘리베이터 앞에는 여전히 김예훈과 장명은이 서로를 마주 보며 서 있었다. 장명은은 참담한 표정이 되어 시선을 어디에 둬야 할지 몰랐다. 금융감독원 직원을 비롯해 증권가와 투자사에서 나도는 정보와 소문만큼 유력하고 무서운 건 없었기 때문이다.

그 순간이었다. 장명은이 불안과 두려움에 사로잡힌 표정을 스스로 풀지 못하던 그때, 주변을 한번 거칠게 둘러본 김예훈이 낮은 목소리로 말을 이었다.

"잠시만 기다려봐."

"무슨 뜻이야?"

"말 그대로야. 며칠 기다리면 금감원 추적팀에서 기별이 있을 거야."

추적팀이란 말을 듣는 순간, 장명은의 눈빛에 다시 활력이 돌았다. 그녀는 김예훈보다 더 낮은 목소리로 물었다.

"소스가 있어?"

"차기 금감원 원장. 검사 출신으로 바뀐다는 소문이 있어."

"그래서?"

"검사가 할 줄 아는 게 뭐가 있겠어. 잡고, 걸고, 때리는 직업병 빼면 시체인 것들……. 삼호그룹도 제대로 밟아줄 거란 소문이 돌고 있어."

"소문이 돌았다면……."

"말 그대로 이 동네, 소문 돌았으면 끝인 거야. 실행에 옮긴다고 봐야지."

"……."

"잘 지켜봐야 할 거야. 그게 장명은 너에게 포지티브가 될지, 네거티브가 될지. 지켜보고 적절히 대응해야 할 거라고."

김예훈은 그것으로 자신의 역할을 다한 듯 표정을 풀었다. 김예훈이 말을 마치는 때에 맞춰 엘리베이터가 1층에 도착하고 문이 열렸다.

"고마워."

"고마울 거 없어. 이 정보, 일종의 레버리지야."

"레버리지?"

"이용해야지, 앞으로."

"이용이라는 개념을 어떻게 이해해야 해?"

"내가 조만간 아웃될 거거든."

"무슨 뜻이야?"

"금감원에서 나올지도 모른다고."

"당신이? 금감원에서?"

"그래……. 난 공무원 옷 못 벗을 거라고 당신은 생각했겠지. 그저 그런 평범한 집안 출신이 비빌 언덕이 관직밖에 없다고 믿었을 테니까."

"굳이 그런 식으로 표현하지 마. 난 그렇게 생각한 적 없어."

"당신이 그렇게 생각하지 않아도, 그냥 보여. 내 눈엔 너무나도 역겹게 잘 보인다고.

장명은은 김예훈의 넘겨짚는 그 말에 강하게 반박하지 못했다. 모두 동의할 수 없는 말임은 분명하지만, 필시 피할 수 없는 구석이 남아 있었다. 김예훈이 장명은과 결혼할 당시에는 삼호그룹 직원이었지만, 그의 첫 출발점은 금융 관련 공기업이었다. 그래서인지 장명은은 김예훈이 자신에게 필요한 비빌 언덕을 찾는다고 생각하는 건 자연스러운 반응에 가까웠다.

"물론 여길 그만둬도 정보와 인맥은 그대로 유지되겠지만."

"하나만 물을게."

"말해."

"그거…… 자의야 타의야?"

"음……. 그 정도는 당신이 알아서 추리해야겠지?"

김예훈이 말한 레버리지, 이용이란 말. 그 말이 장명은의 마음에 기묘한 파문을 일으켰다. 그와 함께 전혀 예측하지 못했던 퇴사를 앞두고 있다는 말 역시 장명은이 느끼는 파문의 범위를 더욱 커지게 만들었다. 무슨 이유로 그런 결정을 했을까. 삼호그룹에서 이혼으로 모든 지분을 박탈당하고 그에 관한 복수라도 준비하려는 듯 여당 정치권을 기웃거리다가 금융감독원에 자리를 잡았을 때만 해도, 그가 그리는 그림을 예측하기 어려웠다. 그런데 이제는 퇴사라니. 장명은의 머릿속은 갑자기 계산해야 할 여러 셈법으로 어지러워졌다.

김예훈은 마치 장명은의 표정 변화를 즐기기라도 하듯 옅은 미소를 머금고는 엘리베이터에 올랐다. 엘리베이터의 문이 닫

혔고, 그와 동시에 장명은은 바로 직전의 김예훈의 말, 레버리지란 말을 곱씹기 시작했다.

*

장명우가 운전하는 람보르기니는 불규칙하게 굉음을 쏟아내는 게 특징이었다. 머플러를 개조한 스포츠카가 토해내는 굉음이 예사롭지 않았다. 제한속도가 60킬로미터인 국도에서 그의 차는 무려 180킬로미터로 달려나갔다. 땅에 달라붙는 기시감까지 느껴질 만큼 광속으로 질주하던 장명우는, 아무리 액셀을 밟아도 채워지지 않을 것 같은 자신의 속도 본능에 짜증을 느꼈다. 그는 자조적인 독백과 욕설을 한바탕 쏟고 나서도 이미 체질이 되어버린 본능의 칼을 스스로 삼켜야 했다.

"이놈의 액셀은 밟아도 밟아도 시원찮아……. 아 씨발!"

십대 후반, 미국 유학 시절부터 길러진 본능이었다. 그로 인해 길 위에서 죽을 고비를 넘긴 것만 다섯 번이 넘었지만, 쉽게 속도를 줄일 수는 없었다. 그게 그의 본능이었다. 그리고 오늘은 하나 더, 뭔가 알 수 없는 불길한 감각이 만든 불안도 속도를 줄이지 못하게 했다.

광속을 발휘해 서울에서 태안까지 40분 만에 도착한 장명우를 한가롭게 기다리고 있는 건 거대한 삼호리조트를 통째로 빌려 쓰고 있는 오성은이었다. 오성은은 리조트 골프 연습장에서 샷 연습을 하고 있었다. 기껏해야 삼십대 초반으로 보이는, 여전히 미소년 스타일에서 벗어나지 못한 골프 코치의 코칭을 받으며 누가 봐도 어설픈 샷 연습에 열중했다.

잠시 후, 오성은과 장명우가 나란히 필드를 걷기 시작했다. 누가 시킨 건 아닌데, 오성은은 골프 카트를 타지 않고 걸어서 홀을 옮겨 다녔다. 그녀를 따라 뒷짐을 진 채 걷던 장명우의 표정은 조급함과 짜증이 잔뜩 서려 있었다.

"어떻게……."

"무슨 말을 할 건지, 할 거면 빨리하라는 거지?"

"네. 솔직히 말하면 그래요."

"그래. 빨리해줄게. 바쁜 분이니까. 그런데 알아둬. 너만 바쁜 게 아니라 나도 바빠. 나 배우야, 알아?"

문득 장명우는 투정을 부리듯 말하는 오성은의 어리광에 불쑥 짜증이 치밀었다. 왜 자신이 이토록 유아적이면서도 충동적인, 자기 감정 하나 조절 못 하는 인간과 협상해야 하는지 자괴감까지 들었다.

"그런데, 너도 그게 그렇게 힘들어?"

"뭐가요?"

"날 엄마나 어머니로 부르는 게 말이야."

"뜬금없이 이 시점에 그런 게 왜 궁금해요?"

"뭐가 됐든 말해봐. 날 그리 부르거나 여기는 게 그렇게 힘든지."

"하······. 오늘 진짜 피곤하게 하시네. 내가 여기까지 내려오느라 시속 몇 킬로 밟고 온 줄 아세요?"

"그게 중요한 게 아니고. 명우 네 충성심, 나를 향한 신뢰를 확인하고 싶어서 그래. 그러니 솔직히 말해봐.

"진짜 솔직해 말해드려요?"

"그럼. 난 어떤 순간이든 진실을 원해."

"진실을 원한다······면, 우리 장대혁의 자녀들이 그쪽을 몇 번째 엄마로 받아들여야 하는지, 그 자체가 정말 상식적인지 자신에게 물어보면 좋겠어요."

그 순간, 녹색 필드를 걷던 오성은이 걸음을 멈췄다. 장명우도 따라 멈췄다. 분위기가 어색해질까 봐 장명우는 옅은 웃음기를 감추지 않았지만, 오성은은 심각했다. 둘의 분위기는 점점 더 엉망이 되어갔다.

"하······. 명우 너, 보기보다 거칠게 몰아붙인다?"

"어쩔 수 없어요."

"근데 보기보다 머리 좋아. 이제 보니 돌대가리가 아니고 인재였어."

"무슨 말씀이세요? 그게 무슨 뜻이에요?"

"내가 어떤 식으로든 부정적인 말을 할 거라고 생각한 거잖아."

"정말 그래요? 진짜 그거 맞아요?"

"맞아. 주식 양도 각서, 그거 다시 생각하려고."

"이미 서명했잖아. 지금 와서 왜 이래?"

"누굴 바보로 아나. 각서 효력은 이사회 표결도 있어야 하는 거잖아. 내가 변호사 자문도 안 받고 그냥 덥석덥석 써줄 줄 알았어?"

오성은의 예상외의 반격에 장명우는 본능을 숨기지 못하고 욕설을 내뱉었다. 비록 혼잣말처럼 비치긴 했지만 오성은은 분명히 알 수 있었다. 자신을 정통으로 향하고 있다는 걸. 내친 김에 장명우는 자신의 차오른 분노를 감추지 않기로 했다. 퍼팅 준비를 위해 오성은이 손에 쥐고 있던 드라이버를 확 빼앗아 바닥에 내동댕이쳤다. 그러고는 말했다. 낮고 음험한 목소리로.

"저기요, 오성은 씨."

"뭐? 오성은 씨? 그건 좀 아니지 않나."

"아니긴 뭐가 아니야. 씨 자 붙여준 것만 해도 감지덕지로 생각해."

"……."

"주식 맡기고 빼는 게 무슨 애들 장난인 줄 알아요? 이미 절차 다 들어갔어요. 그냥 지켜만 보세요."

"그냥 지켜보라고? 아까 한 말 뭘로 들었어? 이사회 표결 거쳐야 한다니까?"

"변호사 자문 같은 거 들으려면 좀 디테일하게 들어요. 회사 정관에 보면, 주식 양도 각서 썼으면 이사회 표결 없더라도 효력 발휘할 수 있다는 관행이 있어."

"관행은 무슨. 원칙이 우선이지."

"아이고. 오성은 씨, 결론부터 말할게. 내가 다 알아서 해요. 주식 뺄 생각이나 이상한 주식 살 생각 같은 거 말고, 아니 아예 뭘 할 엄두 자체를 내지 마. 그냥 주어진 특혜나 신나게 누리시라고요."

"야, 아들."

"뭐야, 갑자기?"

"이 집안에 들어와 내가 널 처음 본 게 언제인 줄 알아?"

"뭔 소리예요?"

"너, 대학교 졸업식에서였어."

"그래서요."

"……."

"씨발, 그래서요. 뭘 말하고 싶은 건데?"

"대학교 졸업식 때도 술 취한 채 스포츠카 몰고 학교 도서관 로비까지 들어갔었지? 기억나?"

"아니, 그러니까 진짜 뭘 말하고 싶은 거냐고요."

"그만큼 너, 한심하다고."

"뭐요? 다시 말해봐요. 다시, 제대로 말해보라고!"

"장명우 너, 진짜 한심하다."

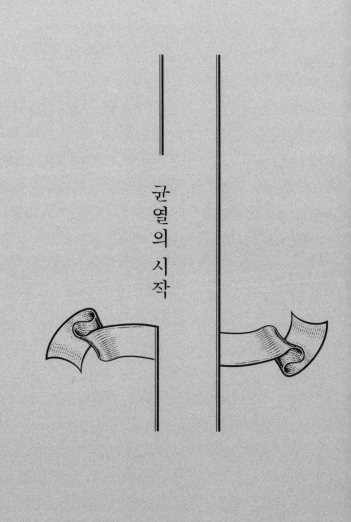

균열의 시작

그것은 일종의 걸림돌이었다. 작은 규모로 말하면 걸림돌이고, 큰 범위로 말하면 암초. 새엄마로부터 주식 양도 각서를 받아낸다는 공식이 흔들린 이후, 장명우를 지지하던 주주단 대표와 삼호엔터테인먼트 이사진도 주춤거렸다.

그때마다 장명우는 자신이 잘하는 방법으로 밀어붙이고자 했다. 강남 테헤란로 뒤편에 이끼처럼 들러붙어 있는, 그러나 이끼라고 하기엔 지나칠 정도로 고급스러운 룸살롱에서 술을 마셨다. 단골처럼 찾는 그 룸살롱의 참석자들은 삼호그룹 핵심 주주들이었다. 장대혁의 자수성가를 음으로 양으로 도왔다고 자부하던 이들과 평소 접촉해오던 열매를 이제야 맺는 순간이라 생각하니 장명우는 짜릿했다.

한 병에 천만 원 상당의 위스키로 목을 축이는 술판을 벌인 뒤 장명우는 주주들에게 말했다. 약간의 시간은 필요하지만, 오성은과의 관계에 노선 변화는 없다고. 인간이 돈 앞에서 지독해지는 걸 증명하는 시간은 의외로 가장 격렬하게 긴장이 풀릴 수 있는 취중의 공간 속에서 빛을 발하기도 한다. 천만 원짜리 술로 목과 머리를 흥건히 적셔댔음에도 불구하고 주주들과 핵심 이사진의 걱정은 결코 호락호락하게 굽어지지 않았다. 그들은 아무리 술과 장명우의 접대에 취했다 해도 분명한 목소리로 우려의 변을 쏟아냈다.

"오성은 여사의 주식 양도는 의심하지 않아. 결국 장 대표에게 몰아갈 거란 기대도 있고."

"그래요. 바로 그거야, 형님들!"

"그런데……."

장명우가 형님들이라 부른 오십대 남자들의 표정을 예민하게 살폈다. 순간, 고질적인 습성인 참을성 없는 다급함이 여과 없이 분출되고 말았다.

"아 씨, 우리 형님들! 대체 그런데란 사족은 왜 붙이는 거지? 새엄마를 야무지게 구워삶았다잖아, 내가."

"오성은 그년은 오히려 쉽지."

"그럼 또 뭐야."

"문제는 다른 곳에 있어."

"문제? 아니, 대체 무슨 문제가 또 있어? 짜증 나네, 진짜?"

하필 장명우가 신경질을 부리고 있을 때, 마담이 눈치 없이 접대부들을 데리고 들어왔다. 불안한 마음에 자리에서 일어나 분주하게 움직이던 장명우가 그들의 등장을 반길 리 없었다. 그의 얼굴에 으르렁거리는 모습이 보이자 분위기는 더욱 험악하게 가라앉았다. 하지만 주주와 이사진에게는 통하지 않았다. 그들은 장명우의 겁박에 동요할 스타일이 아니었다. 장명우가 자리에 앉아 위스키 한 잔을 신경질적으로 들이켜자 맞은편에 앉아 있던 호랑이 문양의 점퍼를 입은 주주 한 명이 그를 한심하다는 듯 바라보며 말했다.

"이것 봐, 장 대표. 지라시 안 봐?"

"증권가 지라시를 봐서 뭐 하게. 머리만 아프지."

"그래도 삼호그룹과 관련된 정부 동향이나 지라시는 봐야지. 하여튼 삼호그룹은 지금 뜨거운 감자잖아."

"무슨 정보가 나왔어?"

삼호그룹 소액주주 대표 중 한 명이자 장명우의 학교 선배이기도 한 그가 대답 대신 장명우에게 아이패드를 내밀었다. 화면에 나온 내용을 확인한 순간, 장명우의 표정이 묘하게 일그러졌다.

"이게 무슨 소리야? 무디스가 뭘 어쨌다고?"

"무디스가 아니라 케이 무빙."

"아, 그러니까. 케이 무빙이 뭐냐고."

"한국의 신용평가사야. 미국의 무디스 같은 곳을 아예 갖다 베낀 곳이지."

"참 창의적으로 지랄이다. 대한민국 진짜 좆같아, 그치?"

"아니, 그건 핵심이 아니야."

"그럼 뭔데?

"이곳을 통해 나온 지라시에 의하면……."

그가 잠시 말을 멈추자, 장명우는 입이 말랐는지 침을 삼키며 조급한 목소리로 재촉하듯 물었다.

"뭐야, 왜 말을 하다 멈춰? 그냥 쭉쭉 말해, 시원시원하게. 나한테 못 할 말이 어디 있어?"

"그래, 솔직히 말할게. 물밑으로 금감원이 삼호그룹을 캔다는 소문이 있어."

"캔다고? 금감원이? 확실한 거야?"

"크로스체크 했다는데 거의 확실해. 원래 그렇잖아. 지라시가 나돌면 대부분 알아서 잠잠해지거나 심하다 싶으면 금감원에서 개입해 사실무근이라고 밝히거나. 그런데 이번 정보에 관해서는 금감원이 사실무근이란 말도 하지 않고, 그렇다고 잠잠해지지도 않고 있어."

"시끄러워?"

"응, 매우."

"그럼 진짜 금감원이 판다는 얘기인데……. 무슨 금감원이 돈 관리에나 신경 쓰지, 기업들 때려잡는 일에만 골몰하고 앉아 있어. 한심하네, 진짜."

"진짜 문제는 따로 있는데……."

"아이 씨, 아직도 안 끝났어? 또 뭔데?"

"배후에서 금감원을 부추긴 사람이 있는데 그게……."

"누군데, 그게?"

"……."

"뜸 들이지 말고 빨리 말해. 그 새끼가 누구냐고!"

"장명진 교수."

"교수? 대학교수가 왜 설치고 지랄이야, 씨발!"

"아이고, 장 대표야. 교수가 중요한 게 아니라, 장명진이라고. 너희 형 장명진."

"응? 장명진? 그 장명진?"

남자가 연신 고개를 세차게 끄덕이는데도 장명우는 계속해서 믿지 못하겠다는 표정만 지었다. 도무지 알 수 없다는 표정으로 멍하니 굳어져만 갔다. 이제 한 병에 천만 원을 호가하는 위스키는 엎어지든 휘발되든 상관없을 타이밍이었다. 남자가 말을 이었다.

"해동대학교 경제학과 교수 장명진, 장 대표 형님이 금감원 핵심 관계자랑 학교 선후배를 동원해서 삼호그룹에 관한 특수 경제법 위반 혐의를 조사 중이라는 거야. 세무조사는 덤이고."

"뭐? 특경법 위반?"

남자는 다시 한번 힘주어 고개를 끄덕였다. 장명우는 입가에 묻은 위스키의 흔적을 혀를 길게 뻗어 닦은 뒤 말을 이었다.

"우리 삼호그룹을 범죄자 집단으로 보겠다는 거야, 뭐야?"

세무조사라면 이해가 가지만 이건 아니었다. 이 상황을 강하게 부정하고 싶은 마음이 장명우의 머리를 휘감았다. 생각이 쉽게 정리되지 않았다. 무엇보다 기업 경영과는 철저히 거리를 두고 있던 큰형이 이런 일을 벌인 의도를 좀처럼 알아챌 수 없었다.

하지만 한 가지 중요한 사실과 현실 인식만큼은 냉정히 뿌리내렸다. 장명진이 배후에 나섰든 그렇지 않든, 돈 창구가 털리고 금융감독원 같은 공공기관의 신뢰를 잃으면 우리 삼호그룹은 국가에 의해 인수분해 되어버린다는 사실. 장명우는 그 사실만큼은 잊지 않고 있었다.

*

"그 말이 사실이야?"

장명은은 오빠 장명진의 취미 생활이 기괴하다고 느꼈다. 그런 느낌을 받은 건 그가 찾은 서점의 비좁은 공간과 비린내에 가까운 물 냄새가 스며든 책으로부터였다. 아무리 예스럽고 고전적인 취미라 여긴다 해도, 대학가 헌책방 구석 자리에 틀어박혀 고서를 들추는 장명진의 모습이 도무지 이해되지 않았다. 그런 장명은의 마음을 간파한 걸까. 장명진이 들고 있던 고서의 책장을 넘기며 장명은은 보지도 않은 채 말을 건넸다.

"내가 이런 곳에 있다고 명은이 너도 기괴하다고 느끼는 거지?"

"왜 내가 그렇게 느낀다고 생각해?"

"지금 네 시선이 그렇게 말하고 있어."

괜히 헛기침을 한번 한 뒤 장명은은 헌책방을 전체적으로 훑어봤다. 백열전구가 아슬아슬하게 매달린 헌책방의 흐릿한 조명과 탑처럼 쌓인 책은, 책의 종류나 이곳의 정서를 고려해 볼 필요도 없이 이 공간 전체를 기괴함으로 느끼게 만들었다.

"쓸데없이 예민하네, 오빠도."

"대답해. 기괴해? 내가 이런 헌책방에 있는 게?"

장명진의 거듭되는 질문에 장명은은 다시 한번 주위를 살폈다. 새삼스럽게 다시 보게 된 헌책방 실내장식이었지만, 사실 장식이라고 할 것도 없었다. 장명은에게 있어 오래된 책의 냄새는 수산시장의 물비린내와 전혀 차이가 없었다.

"조금 의외라는 생각은 했지만, 그런 식으로 말하진 않았어. 기괴하다고는."

"아니야. 명은이 너, 그렇게 얘기한 적 많아. 기괴하다고."

"그 정도는 아니라니까?"

"나 보기보다 소심하잖아. 요즘 애들 말로, 그거 뭐야. MBTI 에서 그거……."

"I? 그중에서도 극I?"

"그래, 그거."

"오빠, 근데 지금 그게 중요한 게 아니고."

"알아."

"진짜 기괴하게 행동한 건 전혀 다른 곳에 있다는 거 알아?"

사실 장명은에겐 오빠 장명진이 이 헌책방 한구석에 주저앉아 이상한 고서나 읽고 있는 게 기괴한 게 아니었다. 진짜 본론에 들어가야 했다.

금융감독원과의 내통에 관해서 장명은이 추정한 대목은, 방송가에 종종 모습을 비추는 장명진의 친구이자 KDI 소속 연구원 최모 씨의 내용이 결정적이었다. 그의 말에서 흘러나온 소액주주 행동 촉구에 관한 표적이 바로 가족기업을 비판하는 내용이었고, 그 내용 속 정보의 은밀한 부분은 모두 오빠 장명진이 흘려준 소스가 아니면 알기 어려운 것들이었다. 대충의 본론을 설명한 장명은이 아주 잠시 숨을 고른 뒤 곧바로 말을 이었다.

"오빠, 왜 그랬어?"

"뭐가?"

"왜 금감원에 우리 가족의 치부를 고발하듯 넘긴 거야? 대체 무슨 의도인지 모르겠어."

"의도는 무슨. 그냥 하던 일 한 거야, 경제학과 교수로서."

"오빠 지금 장난해? 오빠가 경제학과 교수로서 그런 일을 벌여야 하는 타이밍이냐고."

"그래야 하고 말아야 할 타이밍이란 게 따로 있나?"

"당연하지. 이러면 우리 삼호그룹 경영권 자체가 위태로워져. 가업 승계가 어려워진다고. 그거 몰라?"

"그거 모르면서 경제학 교수 할 수 있겠어? 알지. 너무 잘 알아 탈이지."

"그러니까. 잘 아는데 왜 그랬냐고."

"원칙대로 해야 하는 게 있어."

"원칙 같은 소리 하지 마."

원칙이란 단어가 나오자 장명은의 언성이 절로 높아졌다. 장명진의 눈빛과 표정도 덩달아 예민해졌다. 장명은이 말을 이었다.

"대한민국에서 원칙과 상식대로 기업 하는 경우가 어디 있어? 아니, 대한민국뿐만이 아니야. 그 우습고 허약한 원칙을 고수하는 기업이 전 세계 어디에 있냐고."

"명은아, 네 말이 맞아. 맞는데, 내가 말한 원칙은 사실 삼호그룹에 비교할 수 없을 정도로 사치야."

"그건 또 뭔 소리야?"

"네가 명우하고 새엄마란 여자를 견제하는 마음은 잘 알겠는데, 진짜 원칙 운운하려면 지금까지의 분식회계나 관치금융 혐의들은 죄다 털고 나와야 해. 그게 맞아."

"아, 미치겠네. 오빠!"

장명은은 현재 자신의 모습이, 이 격양된 감정 표현이 전혀 부끄럽지 않았다. 이 상황에서 장명진의 지금 말을 들었다면 누구라도 답답함에 소리쳤을 거라고 자신했다. 삼호그룹의 핵심 이해 관계자라면 당연히 그랬을 것이다. 표정이 아까보다 더 무겁게 가라앉은 장명진을 보며, 장명은은 조금 진정한 뒤 말을 이었다.

"오빠는 절대적으로 솔직해질 필요가 있어."

"내가 지금 솔직하지 않다는 거야?"

"당연하지. 오빠는 지금 자기 자신이 솔직하다고 생각해?"

"무슨 소리야."

"정말 오빠도 순수해서 금융감독원 제보를 한 걸까? 정말 원칙과 상식을 따르기 위해서?"

"너 지금 무슨 말이 하고 싶은 거야?"

"정말 몰라? 아니, 내가 내 입으로 그걸 말해야 해?"

"뭘!"

"서로 알면서도 밝히지 않고 넘어가면서 서로의 마음을 넘겨짚는 거야. 그게 사람과 사람의 대화라고. 아무리 세력이 쪼그라들었어도 몇천억의 주식 가치를 가지고 움직이는 삼호그룹 핵심 관계자끼리의 대화라면 더더욱."

어느새 장명우가 보던 고서의 책장은 덮여 있었다. 장명은은 주위를 크게 둘러봤다. 오빠 장명진을 둘러싼 제법 높은 책장과 책장 하나하나에 차곡차곡 쌓인 헌책들이 압도적인 위압감으로 존재했다. 장명진이 아니라면 누구도 애써 읽지 않을 법한 책 냄새가 장명은에게는 여전히 물비린내로 다가왔다.

*

장명진을 설득하는 데 실패한 장명은은 더는 물러설 수 없었다. 금융감독원 조사가 대대적인 본격화 초읽기에 들어간 상황에서 그녀가 쓸 수 있는 카드는 단 하나였다. 그랬기에 장명은은 서둘러야 했다. 새로운 대표이사를 선출하기 위한 이사회는 이제 사흘도 채 남지 않았다.

테헤란로 큰 사거리 옆 작은 골목에 자리 잡은 프랜차이즈 카페. 그곳에는 직업을 쉽게 가늠하기 어려워 보이는 슈트 차림의 젊은 남녀가 다수 모여 있었다. 장명은은 비서를 대동해 움직였다. 장명진을 만날 때와는 사뭇 다른 분위기와 태도를 비서에게 요구했다. 젊지만 일찌감치 최고학력과 수준 높은 행정, 사무, 서비스 업무를 익힌 삼십대 초반의 여자 비서를 장명은이 앞세운 이유는, 지금 그녀가 기다리는 이가 다루기 영 껄끄러운 인물이기 때문이었다. 며칠 전에도 접촉했지만, 아쉬운 현주소만을 서로 확인했던 전남편 김예훈이 카페 안으로 들어왔다.

"용건이 뭐야."

"여기 기억나? 예전에는 프랜차이즈가 아니었는데……."

"기억하지. 기억은 하는데, 왜 그 옛날 기억을 떠올려야 하는

지 모르겠다."

"왜?"

"그 기억, 당신과 나 사이엔 극적인 차이가 존재할걸? 생각의 차이."

김예훈이 말한 생각의 차이는 현대판 계급사회에 관한 말이었다. 부산에서 유학 온 홀어머니 밑에서 자란 김예훈이 이른 나이에 공인회계사가 되어 삼호그룹 재무팀에서 일한 경력을 가지고 장명은을 만났을 때, 그녀와 연애하게 되었을 때 그리고 그 사실을 장대혁 회장이 알게 되었을 때, 그 일련의 과정에서 김예훈이 겪어야 했던 경험은 치욕이란 말 외에 표현할 길이 없었다.

이혼을 결심하고, 서로 소송을 준비하는 과정에서 장명은은 김예훈이 그때의 결혼 반대를 촌극이나 젊음의 상흔 정도로 생각하지 않는다는 사실을 알게 되었다. 김예훈이 분노한 부분은 오히려 그 대목이었다. 자신이 겪었던 치욕을 그제야, 그러니까 이혼을 준비하는 과정에서야 알았다는 것에서 그는 아연실색했다.

하지만 김예훈은 지금 장명은의 만남 요청에 더욱 적극적인 모습을 보였다.

"최근 소식 들었어?"

"어쩔 수 없이 들을 수밖에 없어. 지나칠 정도로 핫한 이슈니까."

"오빠가 이상한 방향으로 폭주하고 있어."

"원래 당신 오빠 이상한 사람이야. 몰랐어?"

"오빠를 그런 식으로 이야기하는 건 심하네."

"아니. 전혀 심하지 않아. 당신네 집안사람들 이상하다고 말하는 건 오히려 상식적 수준에서, 그러니까 완곡하게 말하는 거야."

"알았어, 알았다고."

"그런데 나를 이렇게 찾아와도 되는 건지 모르겠네."

"그게 무슨 소리야?"

"어젯밤에 술 한잔했거든."

"술? 그런데? 아니, 그래서?

"틀렸어."

"무슨 말이야?"

"그런데, 그래서 같은 접속사를 쓰면 안 돼. 당신 같은 사람이 나 정도의 사람에 관해 궁금해할 필요도 없는 거야."

"예훈 씨, 당신 왜 이렇게 비뚤어졌지?"

"내가 비뚤어진 게 아니야. 당신 같은 집안, 가족, 남매들의 생각이 비뚠 거지."

"……."

"자, 핵심을 다시 요약해 말해줄게. 난 어제 술 한잔했어. 이제 다시 질문해봐."

잠시 골몰하던 장명은의 표정이 묘하게 변하기 시작했다. 김예훈이 카페 전체를 어색하게 두리번거렸다. 젊은 슈트 차림의 남녀가 분주하게 출입을 반복하는 흐름을 무심하게 훑어보는 눈길이었다.

"설마, 당신. 술 마셨다는 상대가 명우야?"

"설마가 왜 붙어?"

"……."

"맞아, 장명우. 옛날 처남과 한잔했지, 강남 테헤란로에서."

장명은은 놀란 표정을 지었다. 그러자 김예훈은 좀 더 냉정하게 가라앉은 눈빛을 품고 말했다.

"왜 예상하지 못했다는 표정이야? 지금 가장 적극적이면서도 가장 야만적인 게 누군데? 당신도 아니고, 당신 오빠 아닌 장명우 대표잖아."

"알았어. 그건 문제 삼지 않을게."

"당신이 문제 삼을지, 아닐지를 두고 물은 게 아니야."

"그건 그렇고, 명우를 만나서 뭘 어떻게 하기로 했어?"

"명우는 늘 그랬어."

"뭐가?"

"늘 대단한 척하지만 적당히, 하지만 분명히 목표치를 제시하곤 했어. 그게 명우의 장점이자 치명적인 단점이야."

"그렇다면…… 지분 이야기를 나눈 거야?"

"……."

"묻잖아, 지분 얘기 했냐고."

"장명은 본부장. 당신과 나 이혼소송 할 때, 내가 가장 열받았던 게 뭔 줄 알아?"

"뭔데?"

"지분이야. 삼호그룹의 개가 되어 십몇 년을 충성한 대가가 고작 그 정도였다는 걸 확인한 순간, 온몸을 훅하고 휘덮는 감정. 바로 지분 때문이었어. 그 빌어먹을 지분."

"……."

"정말 끝까지 몰랐다는 표정 지을 거야? 제발 그러지 좀 마, 장명은 본부장님."

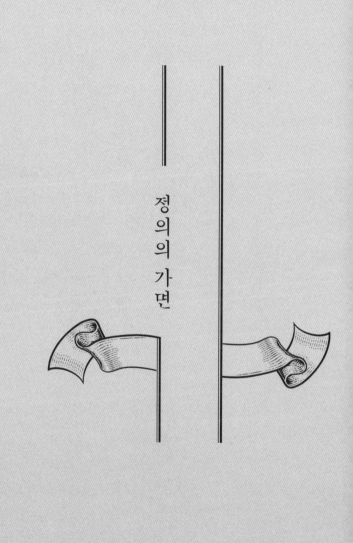

정의의 가면

김예훈이 움직이기 전에 장명우도 움직였다. 빠르고 예민한 움직임이었다. 평소에 알려진 게으르고 멍청하며 전형적인 양아치를 닮은 장명우와는 분명 달랐다.

　소액주주 행동에 관련된 운동과 움직임, 그리고 이를 통한 '기업 클린 경영'이란 캐치프레이즈를 얼룩지게 하는 건 순식간이었다. 평소 기준보다 정의롭고 순수한 방식의 전달은 언론의 주목을 받지 못했다. 장명진이 경제학 교수라는 타이틀로 라디오방송 일정을 잡고 올라서고자 했지만, 결코 이루지는 못했다. 장명진과 소액주주 행동 대표가 연합해 일을 꾸민 결과 방송은 무기한 보류되었다. 장명진의 대학원 동기이자 방송국 CP는 급작스럽게 방송 일정이 취소된 것에 대한 예의를 다하기 위해 장명진에게 직접 전화를 걸었다.

"미안하게 됐어. 그런데……."

"그런데? 또 무슨 일이지? 지금 같은 시대에 외압이 있을 리는 없을 테고, 더욱이 삼호그룹 집안싸움이 정치적 이슈는 아니잖아."

"그게 말이지……."

동기로부터 진실을 들은 뒤에 찾아오는 허탈함이 장명진을 더욱 난처하게 했다. 그리고 얼마 지나지 않아 그의 마음은 분노로 변했다. 장명진의 화살은 온전히 막내 장명우에게 향했다. 아직 동기와의 전화는 이어지고 있었다.

"소액주주 행동 대표라는 사람 말이야."

"왜? 뭐, 문제라도 있어?"

"문제라기보다는…… 좀 귀찮아진 건데."

"뭐가?"

"제보를 받았어. 늘 그렇지만, 제보라는 건 익명을 담보로 하지."

장명진은 제보라는 말에 자신도 모르게 눈을 질끈 감았다. 제보, 투서, 공론화……. 이 일련의 단어들이 가진 함의는 늘 장명진을 미치게 했다. 하지만 그는 피하지 않고 다시금 휴대폰을 쥔 손에 더 강하게 힘을 줬다.

"누가 제보했는지 말해줄 수 있나?"

"그건 어려워."

"어렵다고?"

"제보자 신원 보호는 언론사의 규칙이니까. 장 교수도 누구보다 원칙 중시하면서 왜 이래, 프로답지 못하게."

"알았어, 알았다고."

"그보다는 말이야. 제보 내용이 알고 싶지 않아?"

"뭔데?"

"소액주주 행동 대표, 음주 운전 전과가 있었어."

"잠깐만. 그게 이번 인터뷰하고 무슨 상관이지?"

장명진은 날카로워질 수밖에 없었다. 그의 날 선 물음에 동기 역시 날카롭게 응수했다. 모든 건 상대적인 법이다. 그것이 사실이었다.

"도덕적 해이에 연루되면 답이 없어."

"아니, 그걸 묻고 싶은 게 아니야. 횡설수설로 들리겠지만, 난 삼호그룹 경영권의 도덕적 해이를 말하고 싶은 거라고! 그게 순서야."

"알지. 근데 인터뷰 당사자가 앞으로는 기업 정의를 외치면서 뒤로 범법을 한 이력이 있다는 걸 언론이 다룬다면 어떻게 될까? 이건 균형이나 비중의 문제가 아니야. 음, 주, 운, 전. 이

한 단어만 기억될 거라고."

"빌어먹을. 그럼 나만이라도 인터뷰를 하겠어. 그건 가능하잖아."

"그건 더더욱 불가능하지."

"어째서?"

"생각해봐, 장 교수. 당신은 삼호그룹 장남이야. 장남이 양심선언 한다고 뭐가 달라지지? 당신 역시 지분과 경영권 싸움에서 밀린 족벌 경쟁의 탈락자로만 부각될 거야. 그런 걸 원해? 내가 그런 이슈 몰이에 청취율을 올인하려고 장 교수를 악용하면 좋겠어?"

한 마디 한 마디가 장명진을 곤란하게 만들었다. 그의 배려가 고마우면서도 짜증스러웠다. 이어지는 말들은 이제 장명진의 귀에 거슬리는 것뿐이었다.

"섭섭하게 들릴진 몰라도, 장 교수도 가만 보면 뼛속까지 삼호그룹 사람이야."

"뭐? 왜 그렇게 생각해? 지금까지 내 행보를 봐왔으면서. 난 가족경영을 처음부터 반대해온 사람이야."

"반대는 누구라도 할 수 있어. 그걸 행동으로 실천할 수도 있지. 하지만 내가 보기에 장 교수는 그 삼호그룹이란 후광을 학교에서조차 피할 수는 없는 것 같던데."

"그건 또 무슨 소리야?"

"장 교수, 내가 만든 시사프로 잘 안 보지? 지난달에 장 교수 학교 사립재단 후원 비리에 관해 추적한 내용을 다룬 게 나갔어."

"그런데?"

"그 후원 업체 중에 삼호건설이 물망에 오른 적이 있더라고."

그 말을 듣는 순간, 장명진은 비록 통화였지만 서로의 목소리에서 이미 차갑게 식어버린 공기를 느낄 수 있었다. CP는 자신의 기자 본성을 억누르지 못하고 말을 흘린 것에 대해 자책하듯 침묵으로 장명진의 다음 말을 기다렸는데, 이어지는 그의 말은 거의 혼잣말에 가까웠다.

"씨발, 돌아버리겠네."

"응? 장 교수, 지금 뭐라고 했어? 못 들었어."

그의 귀에는 장명진의 욕설이 들리지 않았을 것이다. 평소 그의 인품을 알고 있는 이라면 장명진이 욕이나 상스러운 표현을 할 수 있다는 걸 전혀 믿지 않을 테니까. 장명진은 그저 긴 한숨만을 내쉬었다. 전화를 끊을까 고민했지만, 그래도 장명진이 포기할 수 없는 마지막 질문을 위해 통화를 이어갔다.

"마지막으로 하나만 물을게."

"응, 말해."

"제보자에 관해 힌트라도 줘."

"익명의 제보자는 그냥 제보자일 뿐이야."

"장명우지? 그렇지?"

장명우란 이름이 거론되자 휴대폰 너머의 숨소리가 미세하게 떨리는 게 느껴졌다. 하지만 그게 전부였다.

"미안."

"무슨 뜻이야?"

"답할 수 없다는 뜻이야. 이해하지?"

"……."

"그럼 끊는다."

*

늘 그랬듯 장명우는 선릉역 근처의 다트 가게를 찾았다. 레고 게임을 즐길 수 있는 놀이터가 존재하는 그곳에서 장명우에게는 한 주의 2~3회씩 시간을 보냈다. 그건 나이 마흔이 넘어서도 쉽게 초월하지 못하는 유아적인 심리와 관련된, 장명우에게는 정신적 해소용 취미였다.

장명우는 다트를 그야말로 장난처럼 내던졌다. 무심코 내던지는 다트가 거의 1점대에 머무르는 것에 신경 쓰지 않았다. 한 게임에 판돈이 무려 천만 원 이상 걸린 다트 게임이어도 상관없이 굴었다. 대신 장명우는 허무하게 느껴지는 자조적인 헛웃음을 연신 터트렸다. 장명우와 함께 다트 게임을 하는 구성원들은 그런 장명우가 영 신경에 거슬렸지만 내색하지는 못했다.

"진짜 씨발, 돌아버리겠네."

그의 헛웃음은 곧 기괴한 키득거림으로 발전했다. 장명우는 자신이 이 정도의 소리를 낼 자격이 있다고 스스로 확신했다. 장명진의 허술함에 관한 것이었기에 더더욱 그랬다. 장명우의 오랜 충복이라 할 수 있는, 늘 장명우가 파괴하듯 저질러놓은 충동적인 행위들을 뒤처리하는 해결사인 비서실장이 그 헛웃음의 실체를 물었다. 제지를 위한 것이라기보다는 장명우의 속내를 들어보고 싶은 충동에서 비롯된 질문이었다.

"왜 그렇게 웃어요? 다트 게임에 영 집중을 못 하시네."

"내가 이렇게 던지니까 다른 친구들한테 기회가 생기잖아. 던지라고 던져, 마음껏!"

장명우의 말에 게임 참가자들이 필사적으로 다트를 던지기 시작했다. 덕분에 게임의 승자는 누가 봐도 십대로 보이는 앳된 클러버였다. 뛰어난 다트 실력을 보유했다고는 하지만, 한 눈에 봐도 클러버인 여성은 강남역과 선릉역 일대에 투입된 콜걸로 보였다. 그녀가 눈이 뒤집혀 돈 챙기는 모습을 흘겨보던 장명우가 비서실장의 질문에 또 한 번 헛웃음으로 응대하며 말했다.

"우리 형 말이야."

"장명진 교수님 말입니까? 장 교수님이 왜요?"

"순진한 건지 멍청한 건지, 도통 감이 오지 않아서. 기가 막히기도 하고."

장명우가 자리에 앉아 맥주를 마시기 시작했다. 절로 구겨진 인상을 펴기도 전에 장명우의 말을 들은 비서실장이 짐작한다는 듯 말을 이었다.

"이번 금감원 제보 건 말씀이군요."

"멍청한 쪽에 가깝겠지?"

"네. 제가 봐도 그런 것 같아요. 이건 거의 자폭 행위인데."

"그래서 어떻게, 대응 전략 좀 마련해봤어?"

그때 장명우 옆자리에 방금 다트 게임에서 우승한 클러버가 다가와 앉았다. 장명우의 시선이 향하는 쪽으로 엉덩이를 거의 내놓고 앉은 모습이 그에게는 매우 익숙한 패턴으로 읽혔다. 하지만 장명우가 자신에게 별다른 흥미를 보이지 않자 클러버는 조금 민망했는지 자리에서 일어서서 다트 판이 있는 곳으로 걸어갔다. 비서실장이 그녀를 알 수 없는 눈빛으로 흘겨본 뒤에 말을 이었다.

"결정적인 변수가 몇 개 있습니다."

"그게 뭔데?"

"금감원 하면…… 김예훈이 있잖아요."

"내 옛날 매형?"

"네."

"그 새끼가 왜? 뭐가 문제야."

"김예훈이 지금은 대표님 편에 선 것처럼 보이지만, 내부 주식 배분 문제를 두고서는 대립각이 워낙 커 보여서요."

"그래서?"

"괜찮을까 해서요."

"당연히 괜찮지가 않지. 괜찮지 않으니 더욱 스릴 있겠고."

"스릴이 아니라, 이렇게 되면 김예훈이 장명진과 손을 잡았다는 상상력도 동원 가능한데."

"야, 그런데 뭐가 바뀐 것 같다."

"네? 뭐가요?"

"내가 너한테 대응 전략 마련하라고 했는데, 왜 네가 나한테 징징거려. 그래서야 널 내 비서실장이라고 말할 수 있겠냐?"

"죄송합니다."

"새끼, 피차 민망하게. 내가 너 면박 주자고 말한 건 아니고. 난 다만 묻고 싶은 거야."

"물어보세요, 뭐든."

"넌 내가 어떤 결론을 낼 거라고 생각해?"

"생각하는 게 아니라…… 믿는 거죠. 때론 그 믿음을 위해 기도하기도 하고."

"기도? 기도 같은 걸 해?"

"기도 안 하는 사람은 없어요. 대표님도 기도하고 있잖아요."

"내가? 누구한테? 신한테?"

"아니요. 그런 기도 말고, 자기 자신에게 하는 다짐."

"그래. 다짐이라면 나도 둘째가라면 서럽지. 그런 의미에서 다시 물어볼게. 내가 어떤 결론을 낼 것 같아? 그 기도의 희망 사항은 뭐지?"

"당연히 대표님이 삼호그룹 경영권의 최종 주인이 되는 거죠."

"그래. 똑똑해졌네, 우리 최 실장."

"아니, 제가 똑똑해진 건 큰 도움이 안 되잖아요, 이 상황에서."

"……."

"죄송하지만 다시 물을게요. 그래서, 생겼습니까? 김예훈에 관한 처리 방향 말이에요."

장명우는 비서실장의 속이 타든지 말든지 상관없이 은근한 침묵 속에서 맥주를 마셨다. 그는 결국 500밀리리터 생맥주 한 병을 모두 비운 뒤에야 짧고 강한 한마디를 남겼다.

"지금부터."

"네?"

"생각해봐야지, 지금부터."

'원래 처음부터 그래왔어, 삼호는.' 장명우는 그렇게 믿었다. 믿음이 필요했다. 지금 이 기괴하게 비틀리는, 불안정하면서도 어이없는 상황의 도래에 관해. 장명우는 아버지를 무서워하고 미워하고 혐오하고, 할 수만 있다면 벗어나고 싶던 비루한 욕망 하나로 버텨왔지만, 장대혁의 무모한 근성만큼은 본받아야 한다는 생각은 놓지 않았다. 장대혁은 경영에 관해 아무것도 모르는 상태에서 기업을 키워왔다. 어떤 대책이 존재해서 그런 게 아니었다. 아무리 상황이 더럽고 아프게 엉켜버려도, 그 엉켜버린 지점에서부터 시작하면 된다고 믿었다. 어쩌면 결국, 그 무모한 근성 탓에 지금의 삼호그룹 삼 남매가 이 지경이 된 건지도 모르지만.

*

삼호그룹의 최근 사태에 대응하는 소액주주 행동에 관한 경제신문의 보도는 한결같았다. 여전히 언론은 비정하거나 적당히 비겁했다. 경제지는 주식의 폭락과 주가 변동에 민감할 수밖에 없었다. 하지만 그걸 감안하고 봐도 언론은 주변의 이해관계에 따라 기사의 논조가 너울거렸다.

언론에서 제기하는 내용은 주로 소액주주 행동의 불순한 속내에 관한 것이었다. 증권사 지라시에서는 언론이 다루지 못한 소액주주 행동 배후에 있는 장명진과 그의 아버지 장대혁과의 비밀스러운 거래 내용이 흘러나오기 시작했다. 이 내밀한 소스는 물론 장명우로부터 비롯되었지만, 누구도 제보 출처가 장명우임을 드러내지 않았다.

장명진은 분명 간과한 부분이 있었다. 그건 장명우에 관한 소프트한 접근 내지는 인식이었는데, 한마디로 장명진은 장명우를 우습게 봤다.

엔터테인먼트 대표를 맡고 있다고는 하지만, 장명진은 장명우를 늘 경영과는 아예 상관없는, 이른바 이단아로 보는 경향이 강했다. 그도 그럴 것이 경영학을 전공한 것도 아니었고, 늘 적당한 경계에 걸쳐 검찰 혹은 경찰 조사를 받곤 했다. 그것도 경제사범 분야가 아닌 마약, 폭행 등의 사회면을 장식하기에 부족함이 없던 이력을 가졌으니 그가 세상 물정에 능통할 거라고는 장명진으로서는 생각조차 하지 못했다. 그것은 분명한 방심이었다. 장명우가 모를 거라 속단한 세상 물정은, 그가 회사를 운영하면서 자연스럽게 체득한 처세였다.

장명우는 지독할 정도로 지저분한 방법으로 장명진을 공격했다. 여론 몰이가 대부분이었고, 공격 방법이랄 것도 전혀 새로울 게 없었다. 하지만 그 뻔한 방식에도 어떤 자극적인 내용이 담겨 있느냐에 따라 파급력은 상당할 수밖에 없는 법이었다. 더욱이 장명우의 공격 대상이 장명진이란 점에서 오히려 가족이기에, 배다른 형제이기에 더 집요하고도 처절했다.

증권가 정보는 급속한 속도로 번졌다. 그리고 그 소문의 농도가 짙어지는 데에는 반나절이 채 걸리지 않았다. 소문의 내용은 다음과 같았다. 장명진이 교수 지위를 이용해 소액주주 행동 등의 여론 몰이를 하면서, 뒤로는 아버지 장대혁의 눈먼 주식을 따로 빼돌리고 있다는 것. 당사자의 해명이나 사실 확인 없이도 소문은 기정사실이 되의 투자업계의 시선을 더 차갑게 굳혔다.

테헤란로의 새벽은 벤츠 E클래스의 천국이었다. 그야말로 벤츠 전시장을 방불케 했다. 마치 약속이라도 한 듯 테헤란로는 새벽 3시를 넘어가면서부터 도로 위와 골목길을 모두 벤츠 E클래스가 장식했다. 그래서 구형 소나타의 요란한 엔진 소리는 더욱 눈에 띄었다.

구형 소나타는 삼성역 방향 테헤란로의 마지막 오르막길 위에 자리 잡은 지하 다트 가게 건물 앞에 멈춰 섰다. 검은색 벤츠 E클래스의 숲 사이를 비집고 들어온 구형 소나타에서 한 남자가 내렸다. 장명진이었다. 그리고 그의 앞에, 입에 담배를 꼬나문 장명우가 연기를 피우며 서 있었다.

"뭘 마중까지 나왔어."

장명진의 말에, 장명우가 반쯤 피운 말보로 레드를 바닥에 던지며 길게 연기를 내뿜었다.

"형이 온다는데, 그것도 이 새벽에. 당연히 마중 나와야지."

"안 어울려 명우야. 그딴 말 하지 말고 진짜 이유를 말해. 진짜 밖으로 나온 이유."

"여전히 까다롭네요. 대충 고마워하며 넘어가면 될 것을 말이야, 우리 장 교수님."

장명우가 게걸스럽게 침을 뱉으며 말을 이었다.

"환기가 아무리 잘된다 해도 지하 룸은 칙칙해서. 콧바람 좀 맡으려고 나왔어."

"그 칙칙한 곳에 계속 붙어 있으면 숨이나 제대로 쉬어지나?"

"숨 안 쉬어지면 뭐, 나는 좀비요?"

"아, 정말 웃기네."

"나 원래 웃기잖아. 형이 어렸을 때 그랬어. 너 존나 웃긴 새끼라고."

"어렸을 때 얘기는 왜?"

"우리 한번 말해보자, 형. 존나 웃긴 게 뭘 말하는지. 그 의미에 관해 말이야."

장명진이 손사래를 치며 장명우의 말을 가로막았다. 옛날이야기로 더 진입하지 못하게 하려는 수였다.

"우리 웬만하면 어렸을 때 얘기는 꺼내지 말자."

"왜? 민감해?"

"민감할 거 없지."

"그럼 피할 필요가 없잖아. 우리 삼 남매, 그래도 재밌게 놀았고 옛날 추억도 나름대로 있지 않을까?"

"야, 명우야."

"말해, 형."

"우리가 정말 유년 시절에 재밌게 놀았어?"

"그럼 재미없었어?"

"재미를 논할 순 없는 상황 아닌가 해서."

"알았어요. 술이나 마시자."

"술 안 마셔. 나 내일 학회 가야 해."

"교수 티 내네. 그럼 이 새벽에 날 왜 불러냈어?"

"불러낸 게 아니라 내가 찾아온 거고…… 그 지하로 내려갈 것도 없고, 질문 하나만 하자."

"무슨 질문?"

"왜 그랬냐, 너?"

"뭘?"

"네가 더 잘 알 거 아니야. 내가 왜 이 시간에 널 만나려고 여기까지 찾아왔는지."

"아…… 형도 똥줄이 타긴 타나 봐?"

그때 지하 라운지 바에서 한 여자가 걸어 나왔다. 익숙한 말보로 레드를 입에 물고 있는 그녀는 누가 봐도 알 만한 삼십대 유명 여배우였다. 장명진을 보며 눈인사를 건넨 그녀가 장명우의 곁으로 다가왔다. 장명우는 여배우가 건넨 담배를 입에 물고 한 모금 힘껏 빨아들였다.

"그런데 구체적으로 어떤 걸 말하는 거야? 소액주주인지 나발인지, 그 같잖은 것들 신고 때린 거 말하는 거야? 그게 아님……."

"말 계속해."

"씨발. 형이 아버지 곳간 주머니를 털어버리는 콩가루 집안 내용을 증권가에 뿌린 걸 말하는 거야?"

"두 번째는 명백히 사실이 아니야. 그리고 그건 최소한의 윤리를 위한 방책이었어."

"그게 무슨 개소리야? 윤리? 무슨 윤리?"

"아버지가 초창기에 끌어들인 주식, 우리 삼호제화 구두 만들 때 함께했던 근로자들의 밀린 월급이나 보너스가 섞여 있는 주식이야."

"그래서?"

"그건 돌려주고 이야기하는 게 맞는 거 아닌가?"

"씨발. 그 초창기 노가다 아저씨들이 그걸 안대? 모르잖아. 모르면 슈킹할 수도 있는 거지. 그리고 그게 그렇게 떳떳한 행동이면 아버지한테 당당히 말하고 달라 그러면 되잖아."

"넌 우리 아버지란 인간한테 그게 통할 거라고 생각해? 이건 정의롭지 않으니까 그냥 주세요, 하면 줄 사람으로 보이냐고."

"안 보이지, 당연히. 그러니까 처음부터 왜 형은 말 같지도 않은 이슈를 핑계 삼아 아버지 대가리 흔들릴 때 슈킹을 치냐고, 어?"

*

분위기가 무르익는다는 게 반드시 긍정적인 의미로만 쓰이는 건 아니었다. 장명진은 그렇게 생각했다. 적어도 철부지라고 여겼던 동생의 도발을 지켜보는 경우라면 더더욱.

대화가 거의 전쟁과 같은 난타전으로 벌어진 상황에서, 장명진과 장명우의 갈등은 최고조에 이르렀다. 참여할 학회가 있다며 술을 거부했던 장명진은 어느새 빠르지만 투박하게 술을 마시며 장명우를 향해 경고하듯 말했다.

"마지막 기회야. 지라시 내리고 지금이라도 경영권이니 뭐니 하는 거에서 손 떼."

"그게 지금 말이야, 방구야. 씨발! 내가 왜 손을 떼야 하는데?"

"야, 장명우. 이 또라이 새끼야."

"뭐? 지금 뭐라고 했어?"

장명진은 방금 자신이 내뱉은 말에 수치스러운 마음이 들어 자책하는 표정을 지었다. 하지만 그에게 더 큰 수치는, 자책하는 모습을 장명우에게 고스란히 들켜버린 것이었다. 장명우는 예상했다는 듯 조소가 가득 담긴 표정으로 장명진을 노려보며 말했다.

"반복해 말하지만, 형도 똥줄이 타고 다 죽을 것 같으니까 본성이 나오는 거야. 그렇지?"

"명우야, 이러지 말자."

"씨발. 방금 또라이라고 쌍욕 박을 때의 야성은 어디 갔어, 어? 그게 형이잖아."

"하…… 씨."

"아니, 씨 말고 씨발! 씨발새끼라고 해야지. 형한테 그게 맞아. 원래 그런 사람이라고."

장명우의 도발은 삼 남매의 어린 시절을 소환했다. 교수가 되기 전, 더 거슬러 올라가 장명진이 미국 유학을 가기 전 막내 장명우는 이복형 장명진으로부터 체벌당하는 게 일상인 시간을 보내야 했다. 명분이야 체벌이었지만 그건 그저 폭력에 불과했다. 바쁜 아버지 장대혁을 대신해 가장 역할을 한답시고 이루어진 짓이었지만, 감정이 실린 구타와 아버지의 마음으로 접근하는 체벌의 농도를 구분 못 할 만큼 어리석은 장명우가 아니었다.

장명우는 어린 마음에 파고들었던 형의 잔혹함과 오랜만에 조우한 반가움에 어느새 미소 짓고 있었다. 이젠 그때와 달리 겁을 먹기보다는 희열 가득한, 게다가 광기까지 얹힌 기괴한 웃음으로 장명진을 대하고 있었다. 장명우는 애써 본능을 자제하려는 장명진에게 다가가 그의 손을 힘껏 움켜쥐며 말했다.

"형, 그냥 하던 대로 해. 욕하고 때리고 경멸하고 혐오하고."

"장명우, 너……."

"어렸을 때 날 다루던 대로 해보라고, 씨발!"

"그 입 닥치고……."

"옳지, 그래. 바로 그거야. 말해봐. 계속해봐."

"넌 내가 지금까지 한 말, 뭐로 들었어?"

"내가 뭘? 뭘 잘못 들었는데?"

"그룹 경영은 너같이 설익은 양아치 새끼가 할 수 있는 게 아니라고."

"양아치 새끼라……. 그래, 그게 맞네. 형의 본심."

"……."

"근데 교수님 입에서 나올 말은 아닌 것 같다, 그렇지?"

장명진이 더는 참지 못하고 그대로 자리를 박차고 일어났다. 앞에 놓인 상을 뒤엎을까 갈등했지만, 이내 짧은 한숨을 내쉬며 마음을 가라앉혔다. 그리고 말을 이었다.

"경영은 네 누나가 더 잘해. 그러니 넘겨."

"웃기네. 누가 잘한대? 그냥 아버지 밑 닦아주던 실력으로 개기는 거지."

"명우야."

"왜, 뭐."

"하나만 묻자. 넌 대체 왜 이러는 거냐?"

"뭘 왜 그래, 씨발!"

"누나한테 맡겨놓아도 너한테 나쁠 거 없잖아. 네가 운영하고 있는 엔터 사업도 삼호그룹 주식 오르면 덩달아 오르지 않겠냐고."

"난 형이나 누나가 날 과소평가하는 거에 질렸어. 그리고 또 하나. 이렇게들 순진하다는 거에도."

"장명우."

"내 이름 부르지 마! 그렇게 목소리 깔고 나 부르면, 씨발 누가 그때처럼 겁먹을 줄 알아? 옛날 애새끼 때처럼 겁먹을 줄 아냐고!"

"야! 장명우!"

"왜! 왜 자꾸 부르냐고!"

"넌 왜 자라질 않냐?"

"허, 그러는 형은? 왜 쓸데없이 조숙하게 늙어빠져서 이 지랄인데? 애새끼 때도 그렇고, 지금도 그렇고 한결같이 꼰대처럼 왜 그러냐고, 씨발. 미친 늙은 아빠처럼 말이야."

장명진은 장명우의 마지막 말에 말문이 막혀 마른침을 삼켰다. 장명우도 자신의 말이 심했다고 느꼈는지 자신을 쏘아보는 장명진에게서 서둘러 시선을 피했다. 그러고는 말을 이었다.

"아, 됐고. 이럴 시간 있으면 가서 애들이나 잘 가르쳐. 형은 스스로 경영 대신 고고한 학문의 길을 걷는다고 했으니까 그렇게 계속 걸으시라고요, 네?"

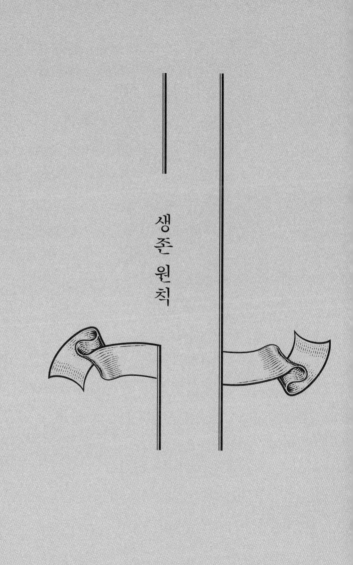

생존 원칙

장명우의 폭주가 신경 쓰이는 건 장명진만이 아니었다. 분위기가 심상치 않게 돌아가는 상황을 장명은은 기민하게 지켜보고 있었다. 장대혁 병실에 오성은이 다녀갔다는 소문을 들었을 때, 그녀가 장명우와 손을 잡았을 때처럼 뭔가 획책을 꾸미고 있다는 생각을 지울 수 없었다. 오성은을 그저 한물간 여배우로 취급할 수는 없었다.

오성은의 연습실은 장대혁이 입원한 병원에서 얼마 떨어져 있지 않았다. 청담동에 위치한 '오성은 아틀리에'라는 기묘한 이름의 연습실은 삼호그룹 예술 후원 자금으로 지은 공간이었다. 장명은이 이곳을 찾은 날, 오성은은 거의 한 시간을 꽉 채워 후배 연기자에게 연기 지도를 하고 있었다. 평소 같았으면 절대 하지 않았을 기다림이지만 지금은 달랐다. 장명은은 오성은을 기다려야 했고, 오성은 역시 장명은이 자신을 필요로 한다는 걸 모르지 않았다. 상황에 따라 돌변하는 갑을관계만큼 서로를 밀어주기 적당한 사이도 없으니까.

한 시간 후, 장명은과 오성은은 연습실 앞 편의점에서 만났다. 파라솔 아래 테이블을 사이에 두고 그들은 마주 앉았다.

"이런 데도 오세요?"

"이런 데라니. 여긴 연습이 끝나면 거의 매일 찾는 곳이야. 이 시간에 먹는 캔맥주가 제법 맛있거든."

오성은은 단숨에 맥주 한 캔을 모두 비웠다. 그러고는 말을 이었다.

"연습 마치고 마시는 맥주 한 모금, 이런 게 사는 건데……."

"그런데 왜 말끝에 여운을 남기세요? 꼭 지금은 그렇게 살고 있지 않는 것처럼."

"명은이 네가 봐도 연기자로 사는 내 삶이 지금처럼 비참해 보인 적은 없지 않니?"

"그게 무슨 말이에요? 비참하다니."

"다 알면서 돌려 말하지 마. 네 아버지란 인간을 만나 강제로 결혼당하고 나서부터 연기자로서의 내 인생은 내리막이었어."

드라마 대사 같은 그녀의 말이 진심처럼 다가왔다. 오성은의 파르르 떨리는 눈빛에서 장명은은 진심을 읽었다. 그녀는 진짜 억울해하고 있었다. 결혼이란 선택과 그로 인한 후회는 지독하고 야비할 만큼의 보상 심리와 얽혀 있을 게 분명했다. 그러니 장명우와 손잡고 삼호그룹 경영권을 넘보는 게 아니겠는가.

"내가 마음만 먹으면 너희 셋 중 하나를 후계자로 세울 수 있다는 거 알지? 그런 걸 두고 캐스팅보트라고 하는 것 같은데……."

"알고 있죠. 아버지가 어머니 명의로 심어둔 주식이 이 정도로 많을 줄 몰랐어요."

"그래. 셋째 명우가 그걸 제일 먼저 알았다는 게 더 웃겼지만……."

끝을 흐린 오성은의 말 속엔, 장명우가 그 사실을 안 것 이상의 노력은 부족했다는 의미를 담고 있는 듯했다. 장명은은 이 순간, 오성은이 감정을 표현하거나 자기 욕망을 드러내는 데 단순한 사람이란 점을 간파했다. 그리고 후회했다. 자신이 생각보다 오성은을 과대평가했다는 걸. 속내가 복잡한 인물로 예상한 오성은이 드러내는 욕망은 예상외로 단순했다. 물론 단순한 욕망이라고 해서 결코 간과할 수 있는 건 아니었다.

"너 알고 있지? 나한테 숨은 자식이 있다는 거."

"자녀가 있었어요?"

"모르는 척하는 거야, 정말 모르는 거야?"

"풍문으로만 들었을 뿐이에요. 직접 사실관계를 확인한 건 아니라는 거죠."

"그래. 네 아버지도 내 핏줄에 관한 비밀을 말하고 싶어 하지 않았으니까."

"근데 그래서요? 계속 말씀해보세요."

"수치스러운 일은 아니지만, 나한테는 자식이 있어. 물론 장대혁의 자식, 그러니까 네 이복동생은 아니고."

"이복동생은 명우 하나로도 족해요. 그러니 그런 사족은 그만 붙이시고 본론 말씀하세요."

"본론을 얘기하기 위해 이 이야기를 하는 거야. 난 이십대 때 하룻밤 불장난으로 낳은 아이가 있어. 그 아이는 철저히 숨기고 있어서 아무도 모르지만, 탤런트로도 조금씩 얼굴을 비추고 있지."

"그래서요?"

"그 아이는 오랜 시간 내 무덤이자 늪이었지만, 동시에 희망이기도 해. 그래서 난 그 아이에게 실질적인 도움을 줄 수 있는 방향을 제시하는 자식에게 내 삼호그룹 지분을 몰아줄 생각이야."

"지금 이 말씀을 하는 건⋯⋯."

장명은은 오성은이 숨을 고를 기회를 주었다. 이마의 땀을 닦는 오성은을 바라보며 장명은은 말을 이어나갔다.

"일단 제가 이해한 부분 말씀드려볼게요. 삼호그룹 후계자는 누가 되어도 상관없다, 새어머니의 숨겨진 아이에게 더 많은 혜택이 돌아가게 만드는 사람에게 지분을 몰아주겠다, 이 말이죠?"

"정리 잘하네. 맞아. 바로 그거야."

오성은은 말을 마치자마자 탁 소리를 내며 편의점 테이블에 물컵을 내려놓았다. 장명은이 반사적으로 고개를 끄덕거리며 말했다.

"그렇다면, 이제는 제 차례겠네요."

"그렇지. 시간은 많지 않아. 바로 다음 주가 이사회고, 그 회의에서 차후 경영자가 결정될 테니까."

"언제까지 하면 될까요?"

장명은의 질문에 오성은은 기다린 것처럼 한 치의 물러섬도 없이 대답했다. 마치 오랫동안 준비하고 있었던 듯.

"내일. 내일까지 브리핑해줘."

*

"미친년……. 미친년! 쌍년! 개또라이 같은 년! 아, 씨발. 씨발! 이 미친년이 왜 사람 개고생을 시키고 지랄이야!"

지하 주차장에서 요란한 배기음을 토해내는 자신의 세 번째 스포츠카에 올라타자마자 장명우는 과격한 말을 쏟아냈다. 그를 이토록 흥분시킨 이의 이름이 휴대폰 화면을 통해 선명히 드러났다. '오성은'이라고.

장명우는 오성은이 자신의 손아귀에서 놀아날 것으로 예상했지만, 이미 보기 좋게 빗나간 후였다. 그걸 깨달은 뒤 그는 더 이상 끔찍한 발작과 미친 자학에만 몰두하지 않았다. 그 정도로 어리석은 인간은 아니었다. 장명우는 가장 시급한 것을 찾아 적극적인 행동에 나섰다. 바로 삼호그룹의 지배권이 집중된 구두 브랜드를 소유한 삼호제화의 핵심 주주를 만나는 일이었다.

하루에 일곱 군데의 장소를 오가면서 바쁘게 움직이던 장명우는 스스로도 자신을 대견하게 여겼다. 그의 수족처럼 움직이던 비서실장도, 로드매니저처럼 그를 쫓아다니던 운전기사도 지칠 만한 일정이었다.

그럼에도 장명우는 원하는 만큼의 성과를 쉽게 얻을 수 없었다. 장명진이 기획한 소액주주 행동을 막아 세우는 전략까지는 주효했지만, 아버지 장대혁과 동고동락했던 옛 사당동 봉제 공장 개국공신들을 만나는 일은 지루하기 짝이 없었다. 시대착오적이라는 생각마저 들었다. 그리고 그 시대착오가 어쩌면 그들이 아닌 자신으로 비롯된 마음이 아닌가 싶었다.

"네가 명우구나. 셋째."

"네. 맞아요, 아저씨. 아저씨라고 불러도 되죠?"

장명우의 앞에 있는 아저씨라 불린 이는 삼호제화 최대주주인 IK저축은행의 박삼도 회장이었다. 박 회장은 삼호제화의 개국공신이었지만 장대혁이 함부로 휘두를 수 있는 만만한 인물은 아니었다. 과거 사채업으로 시작해 지금은 제법 자리를 잡은 저축은행 회장으로 성장한 그는, 삼호그룹과 연을 끊지 않고 자신의 이종사촌 박현철을 통해 그룹 정보를 수시로 전달받았다. 그렇기에 회사 돌아가는 상황을 누구보다 잘 알았고, 변화가 있을 때마다 예민하게 반응했다.

박 회장을 만나기 위해 장명우는 전남 광양까지 스포츠카를 끌고 가야 했다. 요즘 박 회장은 실내 낚시에 한창 심취하고 있었다. 낚시터 전체를 빌린 듯 그곳에는 아무도 없었다. 박 회장과 장명우, 둘뿐이었다. 비서실장과 보좌관들은 낚시터 바깥에 있었다. 제법 거리를 둔 듯했지만 각자의 보스를 지키기 위해 그들은 장승처럼 서 있었다.

"저는 아저씨를 비교적 똑똑히 기억하고 있어요."

"어떻게?"

"아버지랑 같이 이렇게 실내 낚시를 자주 하셨잖아요. 실내든 저수지든 바다든, 어디든 낚시터로 돌변한다고 하시면서."

"기억하네?"

"그럼요. 잊을 수가 없죠."

"그래, 그렇겠지. 그때 네 아버지 장 회장님이 명우 널 유독 예뻐하셨으니까."

문득 장명우는 사실관계란 늘 오류와 굴절로 가득한 게 아닌가 하는 생각에 사로잡혔다. 아버지는 단 한 번도 자신을 예뻐한 적 없다고 소리치며 따지고 싶었다. 장명우의 기억에 장대혁은 물비린내를 유독 싫어하는 자신의 호소에도 아랑곳없이 낚시터로 끌고 와 낚싯바늘에 미끼를 끼우게 했다. 그리고 그걸 제대로 해내지 못했을 때 가해지는 체벌은 상상을 초월했다.

아버지가 어린 자신을 얼마나 괴롭혔는지 아느냐며 사실을 바로잡고 싶었지만, 지금은 그럴 때가 아니었다. 결정적인 기회를 잡아야 하는 순간이었으므로 장명우는 꾹 참아야 했다.

박 회장과의 이런 독대가 흔치 않은 기회라는 생각에 장명우
는 아까부터 본론으로 돌입하고 싶은 마음을 감춘 채 근황을
살피고 있었지만, 그의 표정은 이미 속내를 드러내고 있었던
듯하다. 눈치가 빠른 박 회장이 이를 알아채고 대화를 전환했
다.

"그래. 긴박한 용건이 있을 것 같은데."

"아…… 네. 맞아요. 아저씨 도움이 필요해요."

"그런데 명우야."

"네, 아저씨."

"도움을 구할 때는 있잖아. 최소한 두 가지 예의를 장착하고
나타나야 하는 거란다."

"예의요? 그것도 두 가지씩이나요?"

장명우의 말투와 태도에 박 회장은 고개를 가로저으며 말을
이었다.

"하나는, 뭔가를 부탁하려면 이전부터 적잖은 친소 관계를
쌓아놨어야 했어. 하지만 넌 그러지 못했지."

"제가 그러지 못했다고요? 그건 오해죠."

"뭐가 오해인 거지?"

"그래도 난 말이에요. 아저씨를 최대한 챙겼다고 생각하는
데……. 형, 누나랑 비교해도 명절마다 아저씨 선물 챙긴 건 우

리 엔터 회사였을 텐데요."

"그깟 명절 선물을 말하는 거겠니."

그때, 박 회장의 낚싯대가 흔들렸다. 아마도 입질인 듯했다. 하지만 그건 중요하지 않다는 듯 박 회장은 전혀 신경 쓰지 않은 채 말을 이었다.

"그래. 네 말 중에 그건 맞아. 다른 형제놈들이 날 개무시하긴 했지. 하지만 말이다. 명우, 너도 날 아저씨 하고 부를 만큼 살가운 사이는 아니란 말이지. 그리고 또 하나."

"또 뭔데요?"

"뭔가를 부탁하려면 상대가 유혹될 만큼의 대가를 가져왔어야 한다는 거야. 알아들어?"

"결국 그 말이네요. 주식을 나한테 양도하거나 주주 권리를 내게 유리한 쪽으로 행사해주면 아저씨한테 뭘 해줄 거냐, 그죠?"

"그걸 들어보고 나서 구미가 당기면 첫 번째 예의와 관련된 훈육을 해주고 싶던 참이지."

'예의는 빌어먹을.'

장명우는 속으로는 분통을 터트렸지만, 가방에서 조심스럽게 서류를 꺼내 박 회장에게 건넸다.

"이게 뭐냐?"

"제가 경영권을 인수하면 회장님께 해드릴 수 있는 돈, 그러니까 회사 명의의 부동산, 공장 매각하고 융통할 수 있는 자금입니다."

잠시 서류 내용을 성의 없이 훑어본 박 회장이 시선을 바다로 돌렸다.

"왜요? 맘에 안 드세요?"

"그걸 말이라고 해?"

"네?"

"당연히 맘에 안 들지. 이런 종류의 제안은 명진이나 명은이도 충분히 할 수 있어."

"그럼 뭘 원하세요?"

"명진이 너, 내가 네 아버지로부터 어떤 수모를 당했는지 모르지? 그리고……."

"그리고 또 뭐요?"

"네 아버지가 삼호제화를 그룹으로 성장시키려고 할 때부터 내가 요구한 게 있는데, 전혀 모르겠지?"

박 회장을 따라 장명우 역시 섬뜩하게 굳은 표정을 지었다.

"잘 들어. 내가 오늘 똑똑히 알려줄게."

"제발 뜸 들이지 말고 말씀하세요."

"장대혁, 그 인간이 치매에 걸린 건 천운이야."

"뭐라고요?"

"너, 약속해. 아니, 지금 당장 서류 쓰고 공증받아. 만약 네가 경영권을 잡는다면 내 아들놈들 굵직한 자리에 박아준다고."

"아니, 잠깐만요."

"왜. 문제 있어?"

"그게 지금 말이 된다고 생각하세요?"

"왜 말이 안 되나?"

"당신 아들들이 무슨 경력이 있는지, 뭘 할 줄 아는지도 모르는데 어떻게 내 밑에 둬요?"

"아!"

"왜요, 제 말이 틀렸어요?"

"처지를 바꿔 생각해봐. 그러는 명우, 넌?"

"네?"

"넌 뭐, 자격이 돼서 지금 회사를 집어삼키려 하는 거냐?"

장명우는 속으로 외쳤다.

'그렇게 따지면 아버지 장대혁을 비롯해 어느 누구도 자격을 갖춘 사람은 없어!'

하지만 다행히도 비명처럼 새어 나오려던 소리는 장명우의 입안으로 말려들어갔고, 그 모습을 간파한 듯 박 회장의 입가에는 비릿한 미소가 감돌았다.

"그런데 이상하지?"

"뭐가요?"

"난 왜 네가 내 카드를 덥석 받아 물 것 같은 예감이 들지?"

장명우가 신경질적으로 고개를 끄덕이며 말했다.

"네, 대충 맞는 것도 같네요."

"맞아? 진짜야?"

"네. 왜냐하면, 난 이미 시작했거든요.

"……."

"지금까지 내가 시작해서 끝을 못 본 적은 없으니까. 앞으로
도 그럴 거예요, 계속."

*

장명우가 IK저축은행 박 회장을 만났다는 사실을 가장 먼저
전해 들은 건 장명은이었다. 장명은의 소식통이 특별히 유난
해서가 아니었다. 장명우가 증권가와 소액주주들에게 이메일
을 보낸 게 정보를 얻는 계기가 됐다. 다르게 말하면, 장명우가
박 회장과의 접선 소식을 장명은, 장명진에게 흘러들도록 유
도했다는 게 된다.

장명은을 압박하기 위한 수단으로 장명우는 엔터테인먼트

업계에서 한 다리만 건너면 알 수 있는 경제부 기자와 연계해 관련 기사를 쏟아냈다. 긴급 이사회를 사흘 앞두고 벌어지는 장명우의 파상 공세에 장명은은 아찔함을 느꼈다. 이틀 전 읽지 않고 내버려둔 문자메시지가 떠오른 건 그 때문이었을 것이다.

전남편 김예훈으로부터 온 문자 내용을 확인하자마자 장명은은 그에게 전화를 걸었다. 김예훈은 기다렸다는 듯 통화 연결음 한 번이 채 끝나기 전에 전화를 받았다.

"정말이야?"

"숨부터 돌리고 이야기하지? 스몰토크 몰라?"

"당신하고 나 사이에 그런 거 나눌 이유가, 필요가 있나? 대답해, 정말이냐고."

"뭐가."

"날 돕겠다는 말."

"맞아. 그런데 이 대목에서 확실하게 해둘 게 있어."

"뭐지?"

"널 돕는 게 옛정 때문이 아니란 사실. 나도 나름의 계산이 있어 제안한 거니까."

"알아. 기대도 안 해. 말해. 뭘 요구할 건데?"

"장명은 씨, 침착하던 성격 어디 다 내던지고 오셨나?"

"지금 그런 거 따질 때야? 빨리 말해. 원하는 게 뭐냐고."

"일단 만나. 급할수록 돌아가라잖아? 중요한 이야기는 만나서 해야지."

*

김예훈과 장명은은 서울 외곽 한 호텔 커피숍에서 만났다. 문득 장명은은 맞은편에 앉은 이 남자의 패션이 자신과 헤어진 이후로 좀 더 멋스럽게 변했다는 생각이 들었다. 이런 종류의 생각은 대체로 자괴감으로 발전한다. 함께했던 시간 동안에는 저런 멋스러움을 찾지 못했다는 게 씁쓸하기도 했다. 그런 씁쓸함이 동병상련의 공명을 일으킨 건지 김예훈도 장명은을 비슷한 결의 눈빛으로 바라보고 있었다.

"훨씬 더 멋있어졌네. 나와 헤어진 뒤로 진짜를 되찾은 느낌이야."

"장난하지 말고."

"장난 아니야. 당신과 내가 이 순간에 이렇게 만나 장난스러운 말을 주고받을 사이는 아니지 않나?"

"……."

"정말 멋있어졌어. 그래서 본론을 말하기도 수월해졌고."

본론이란 말이 장명은의 입에서 흘러나오자 김예훈이 고개를 끄덕이며 기다렸다는 듯 물었다. 둘의 만남을 좌우할 수밖에 없는 중요한 질문이었다.

"말해봐, 장명은 본부장님. 날 이용할 모멘텀이 있을 것 같은데."

"알고 있지?"

"뭘?"

"장명우가 IK 박 회장을 물었다는 소문."

"그건 어떻게 알았어?"

"우리 회사 박 상무의 동향이 심상찮아서 SNS를 해킹하고 있었어. 박 상무와 박 회장, 비록 친분이 깊진 않아도 이종사촌 사이이니까 한통속일 수밖에 없겠지."

"대단하네, 해킹까지 시도하고. 그런데 그 이상은 몰라?"

"묻는 말에 대답이나 해. 당신도 알고 있지?"

"우리 처남이 생각보다 다재다능하더라고. 엔터 사업을 해서 그런가, 융통성도 늘고."

처남이란 말을 듣는 순간, 장명은은 자신도 모르게 헛웃음이 터졌다. 이혼소송에만 2년 6개월이 넘는 시간이 걸렸고, 각종 언론을 비롯해 유튜버들의 먹잇감이 되어버린 그 기간을 장명은은 온전히 치욕이라 생각했다. 그런데 그때의 관계에서 비롯된 호칭을 전남편에게 이리 천연덕스럽게 듣게 되다니…… 어이없는 웃음밖에 나오지 않았다. 장명은의 마음을 아는지 모르는지, 김예훈도 옅은 웃음을 지어 보이고 있었다.

"여하튼 상황이 긴박하게 돌아가고 있어. 이사회가 며칠이라 했지?"

"12월 24일."

"크리스마스이브라…… 정확히 사흘 남았네."

"이사회에서 판이 박 회장에게 기울고, 최대주주 오성은도 장명우에게 감긴 상태라면 상황이 어려울 듯한데……"

"오성은 씨는 우리 쪽으로 붙을 거야."

장명은의 확신에 찬 말투에, 김예훈는 여유만만한 미소를 지었다. 사실 미소라기보다 함박웃음에 가까웠다. 기대된다는 듯, 다음 스텝을 더 부드럽고 수월하게 밟을 수 있으리란 자신감을 장착한 듯 보였다. 그런 김예훈의 마음을 눈치챈 장명은이 곧바로 쏘아붙이듯 말을 이었다.

"그러니까 이제 말해봐, 당신이 요구하고 싶은 게 뭔지."

"간단해. 숟가락 얹자."

"숟가락?"

"장 본부장님, 내가 이혼할 때 삼호그룹 주식을 얼마나 떼어 왔는지 알지?"

"알지, 너무 잘 알지. 그때 당신을 얼마나 죽여버리고 싶었는데."

장명은의 과격한 표현에도 김예훈의 표정에는 변화가 없었다. 그녀가 그렇게 생각했던 건 지극히 당연하다는 듯이. 보통 대기업가의 이혼소송에서 김예훈만큼 주식을 챙긴 일종의 성공 사례는 거의 찾아볼 수 없었다. 그들의 이혼 과정 역시 성격 차이에 의한 원만한 합의와는 애초부터 거리가 멀었으니까. 그 상황에서 김예훈이 거대 재벌가에 의해 탄압받는 소시민이라는 인상을 심는 데 성공했고, 그렇게 그는 여론을 등에 업을 수 있었다. 결국 여론 재판에서 장명은의 기세를 한풀 꺾은 김예훈은 재산 분배 과정에서 적잖은 규모의 삼호그룹 주식을 쟁취하는 데 성공했다.

그만큼 장명은은 지금 이 순간, 김예훈이 자신에게 뭘 요구하고 뭘 뜯어갈지 신속하게 계산해야 했다. 긴박한 순간이었다. 엘리트와 엘리트로 만나 나름의 선을 지키며 우아한 경계선에 서 있던 과거와 달랐다. 급변하는 롤러코스터를 타고 움직이는 판세에서 고상을 떨 수는 없었다. 김예훈도 장명은도, 서로 본론을 꺼내는 데 집중하기로 했다.

"그 죽여버리고 싶은 마음은 좀 묻어두시고. 알지? 나 이제 금감원 곧 그만두는 거."

"그래서?"

"그래서긴 뭐가 그래서야. 무슨 말인지 모르겠어?"

"……."

"내가 가진 주식, 당신한테 몰아주면 어떻게 될까?"

"뭐?"

"그럼 충분히 경영권 사수 가능하지 않을까? 그건 다르게 말하면, 한때 내가 처남이라 부르던 그 망나니로부터 삼호그룹을 지킬 수 있다는 거야."

"사족 붙이지 말고 본론이나 담백하게 풀지 그래? 경영권 사수를 도와주는 대가로 원하는 건 뭔데?"

"아마도…… IK 박 회장이 주식을 장명우한테 몰아주는 대가로 자기 수족들을 임원진에 밀어 넣는 요구했을 거야."

"……."

"나도 그 비슷한 제안을 해보려고."

"현업에서 다시 일해보고 싶다, 이건가? 나하고 결혼 생활 유지하던 그때처럼?"

"그때하고는 차원이 다르지. 이번엔 좀 더 독립적인 스타일로 일하게 될 거야."

"그런데 예훈씨. 아무리 그래도…… 삼호그룹에서 일하고 싶어?"

"……."

"그 수치와 능욕을 계속 당하고 싶냐고."

"내 입장, 내 마음 당신이 걱정해줄 필요는 없고. 그래서 어떻게 할래? 당신한테 시간이 많진 않을 것 같은데?"

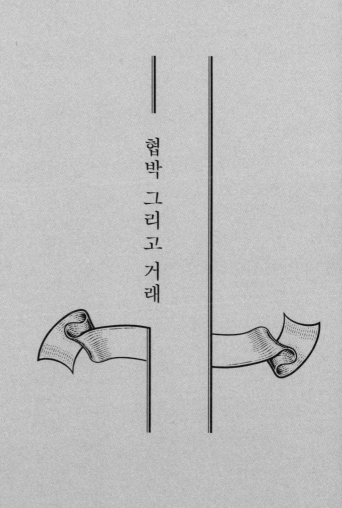

협박 그리고 거래

'하…… 씨발. 산 넘어 산이네.'

사우나의 증기 속에서 장명우는 생각했다. 나이답지 않게 그는 사우나를 좋아했다. 그것도 강남 테헤란로에서 가장 외진 곳에 자리한 허름한 사우나, 그곳이 그의 단골 장소였다. 뜨거운 물에 알몸을 담그고 있으면, 독한 위스키를 먹는 것만큼이나 생각이 정리되고 이내 머리가 맑아지는 기분이 들었다. 더욱이 지금처럼 상황이 복잡하게 돌아가는 중이라면 장명우는 이곳을 찾을 수밖에 없었다.

사우나에서 나온 장명우가 보관함을 열자 두 개의 휴대폰이 놓여 있었다. 비서실장이 가져다놓은 대포폰이 장명우의 휴대폰 옆에 있었다. 그 안에는 연예계 관계자 이름이 적힌 수천 개의 전화번호가 담겨 있었다. 장명우의 대포폰을 알고 있는 이라면 대부분 지저분한 계열에 속했지만, 그래도 장명우는 이렇게 사는 길을 터득한 스스로를 대견해했다.

살면서 아무도 장명우에게 처세를 가르쳐주지 않았다. 아버지 장대혁은 늘 자식을 가축처럼 대했다. 단지 실망스럽다는 말로 설명할 수 있을까. 장명우는 장성한 지금까지도 그때 생각만 하면 피가 거꾸로 솟곤 했다. 그를 가장 힘들게 한 건 형, 누나와 비교해 전혀 공평하지 않은 체벌 수위였다.

장명우가 열두 살이던 시절, 그러니까 초등학교 고학년이 되어서까지 그는 아버지의 체벌을 견뎌야 했다. 세 번째 부인인 장명우 친모에 관한 증오가 누구보다 컸던 장대혁은 그녀를 가혹하게 대하면서도 그만큼 집착했다. 그리고 그 집착의 수위가 고조되면 고조될수록 장명우를 향한 증오가 심해졌다. 증오는 훈육의 다른 이름으로 발전되었고, 장대혁은 늘 장명진과 장명은이 보는 앞에서 장명우의 옷을 모두 벗겨 체벌하곤 했다. 팬티까지 벗긴 채 이루어진 체벌은 드넓은 평창동 거실을 공포로 만들었다.

악질 파파라치 같은 삼류 연예신문 기자와 사이버 렉카 유튜버에게 전화를 걸려는 이 순간, 그때가 떠오르는 이유를 장명우는 알지 못했다. 중요한 건 그때의 기억이 뼛속 깊이 장명우 몸 안에 파고들어 있다는 것, 살아남기 위해 무슨 일이든 반드시 해야만 한다는 것이었다. 생존에 관한 욕구. 지금의 장명우에게는 그것뿐이었다.

두 대의 휴대폰으로 동시에 전화를 걸었다. 자신의 휴대폰으로는 오성은에게, 대포폰으로는 기자에게. 오성은은 전화를 받지 않았다. 대포폰의 통화는 연결되었다.

"김 기자님."

장명우는 어느 때보다 정중했다. 뼛속까지 사이비인 이 연예 가십 전문기자가 지금의 장명우에게는 생존에 필요한 가장 유력한 동아줄이었기 때문이다. 그리고 장명진과 장명은의 기세가 만만치 않게 치솟고 있는 지금, 장명우가 파고들어야 하는 건 존재력을 결코 간과할 수 없는 오성은이었다.

"전화를 받지 않네요, 우리 오성은 배우께서는."

"워낙 구린 게 많으니까. 그런데 장명우 대표."

"말씀하세요, 김 기자님."

"자꾸 깍듯이 기자, 기자 하니까 되레 긴장되네. 여하튼 정말 이걸로 협박해도 되는 거예요?"

"소스가 사실인데, 안 되나요?"

"아니, 안 될 건 없는데. 그래도 법적으로는 장 대표 어머니인데, 이래도 되나 싶어서."

"확실하게 해야죠, 뭐가 되었든. 근데 김 기자님, 우리 오 배우께 동영상 제대로 전달한 거 맞죠?"

"맞아. 곧 입질이 올 거야."

그의 말은 예언처럼 적중했다. 세 번째 통화 시도에서 오성은은 곧바로 전화를 받았다. 스피커폰으로 삼자 대화가 가능해진 상황, 김 기자가 먼저 '야호'를 외치듯 큰 소리로 오성은을 불렀다.

"오성은 씨, 듣고 있어요?"

"이 양아치 새끼가……. 얻다 대고 오성은 씨야!"

오성은의 앙칼진 목소리가 사우나 대기실 전체에 울려 퍼졌다. 장명우는 열두 살 때의 알몸이나 성인이 된 지금의 알몸이나 별반 다를 게 없는 실망감을 전신 거울을 통해 확인해야 했다. 인간이란 이처럼 보잘것없고 비루한 것인가 하는 자괴감이 언뜻 스쳤다. 그사이, 오성은의 쩌렁쩌렁한 열변이 시작되었다.

"야! 장명우, 너 미쳤어?"

"오성은 씨가 자꾸 이상한 생각을 하니까. 그러니 나도 이런 식으로 나올 수밖에 없는 거 아니겠어?"

"또라이 새끼. 자폭하자는 거야? 세상에 어떤 미친 새끼가 자기 엄마 섹스 동영상을 가지고 협박을 해!"

"말은 똑바로 합시다. 그 추잡한 동영상, 아는 사람은 다 알던데 뭘 그런 거 가지고 새삼스럽게 발끈해? 어디서 고결한 척이야, 고결한 척은."

"이런 빌어먹을 새끼! 찢어 죽여도 시원치 않은 개새끼야!"

"욕 실컷 해두세요. 어차피 이번 이사회 때 주식은 나한테 완전히 넘겨야 할 거야. 안 그러면 이 동영상 싹 다 풀어버릴 테니까 기대해요."

장명우는 스스로가 대견스러웠다. 열두 살 때와 비교해도 큰 차이 없는 비루한 알몸이지만, 그때와 지금의 차이는 하늘과 땅만큼이나 도드라진다고 확신했다. 장명우는 자신 있게 생각했다. 이제 배는 자신 쪽으로 완전히 기울었다고.

*

오성은이 삼호그룹 계열사를 찾는 일이 과연 몇 번이나 있었을까. 지금은 이런 예외적인 사태가 일상이 되는 걸 감수해야 할 때였다. 오성은이 찾은 곳은 성수동의 재개발 지역. 오래돼 칠이 벗겨진 간판에 여전히 '삼호제화'란 상호가 또렷한 이곳을 보며 오성은은 아무런 감흥을 받지 못했다. 그저 허접한 컨테이너 건물 몇 개가 비싼 땅을 소비하고 있다는 느낌만 들뿐이었다.

하지만 이사회를 하루 앞둔 이때, 더욱이 이사회가 개최될 장소인 이곳 성수동 폐공장에서 오성은을 은밀히 만나기로 한 박현철은 오성은과 사뭇 다른 감회를 담은 시선으로 공장을 둘러보고 있었다. 지금은 저축은행 회장이 된 이종사촌 박 회장을 따라 일당 만 원을 받으며 온종일 구두 굽 만드는 아르바이트할 때를 기억하는 눈빛이었다.

"정말 좆같았습니다, 사모님."

박현철의 입에서 처음 나온 말이 다소 과격해 신경에 거슬렸지만 오성은은 내색하지 않았다. 박 상무가 자신을 부른 이유와 그 내막에 관해 좀 더 신중하게 새겨들어야 했기에 감정을 앞세우지 않기로 한 것이다. 그녀가 침묵하자 박현철은 오성은에게 한 걸음 더 가까이 다가가 말을 걸었다.

"요즘…… 착잡하시죠."

"뭐가 말이에요?"

"막내한테 협박도 받고, 숨겨놓은 피붙이한테 뭐라도 떼어 주고 싶은데 여의치는 않고."

"알고 있었어요?"

"뭐, 대충."

"어떻게요? 아니, 어디까지?"

"사모님, 그건 중요한 게 아닙니다."

"뭐라고요?"

"내가 사모님에 관해 어디까지 알고 있는가는 전혀 중요하지 않다고요."

"그럼 대체 뭐가 중요한데요?"

박현철은 갑자기 입을 닫았다. 대신 입에 문 담배를 빨아들인 뒤 머금은 연기를 오성은의 얼굴을 향해 내뿜었다. 아무리 예전 같지 않다 해도 한때 대한민국을 대표하는 여배우란 수식을 달고 살았던 그녀에게. 그러고는 뚫어지게 오성은을 쳐다봤다. 순간, 이해할 수 없는 수치심이 오성은의 몸을 뱀의 비늘처럼 징그럽게 휘감았다. 몸 전체에서 소름이 돋아나는 느낌이 시리도록 강하게 들었다. 마치 낯선 사람들 앞에서 순식간에 발가벗겨진 기분이었다. 그런 오성은을 한참 쳐다보던 박현철이 드디어 입을 열었다.

"회장님한테는 부인이 많았어요. 그건 사모님도 잘 알고 계시죠?"

"무슨 소리를…… 하고 싶은 거야?"

"갑자기 말을 짧게 하시네? 뭐, 상관없어요. 사모님은 그간의 회장님 부인들이 지금까지 제법 말끔히 정리된 걸 보면 무슨 생각이 드시려나? 어떤 짐작도 안 되시나요?"

"……."

"결론부터 말할게요. 여기저기서 캐스팅보트 쥘 생각 말고, 내일 이사회 때 그 피붙이나 데리고 오세요."

"뭐?"

"그 아이요."

"데리고 오면…… 내가 그 아이 데려오면 장대혁의 씨로 인정해줄 거야?"

"……."

"말해요. 확실히 챙겨줄 거냐고."

"인정이라……. 거 말이 참…… 애매하네. 이봐요, 오성은 씨."

"뭐."

"우리가 그 새끼, 유전자 조사도 안 해봤을까 봐? 어디서 엉겨 붙는 소리를 지껄이고 그래."

"……."

"아무튼 내일 꼭 데리고 와요. 와서 설레발 좀 치면 인건비는 챙겨줄 테니까."

"하……."

"사모님, 네 번째 사모님! 이번엔 다른 사모님들과 다르게 피 보지 말고, 눈물 쏟지 말고, 좋게 좋게 넘어갑시다, 예?"

*

　비상 경영 체제 수립을 위한 이사회 개최 장소가 삼호그룹 본사가 아니라는 사실은 이례적이었다. 과거 장대혁이 삼호제화를 창립하고 직접 실을 뽑으며 납품까지 하던 이곳에서, 현재는 재개발을 위해 속칭 알박기를 진행하고 있던 성수동 노른자 땅에 자리 잡은 컨테이너에서 이사회는 열렸다.

　제대로 된 안전장치도 갖춰지지 않은 탓에 이사회 장소로의 진입은 여간하게 쉽지 않았다. 무엇보다 주차장으로 사용할 컨테이너 앞마당이 정비되어 있지 않아 온통 질퍽거리는 진흙탕에 차를 세워야 했다. 이에 대해 가장 투덜거린 이는 예상외로 장명우가 아닌 오성은이었다. 야심 차게 로드매니저를 한 명 더 고용한 오성은은 연신 진흙 때문에 자신의 붉은색 하이힐이 더럽혀지는 걸 견디지 못했다. 장명우는 일찌감치 근처 공영 주차장에 차량 두 대 자리를 차지하고 스포츠카를 주차했으며, 장명진은 아예 버스를 타고 와 컨테이너 이사회장으로 이동했다.

　이사회의 사회를 맡은 박현철이 마이크를 잡았다.

　"이번 이사회 안건은 단 하나로 압축됩니다. 지금까지 경영 일선에서 실권을 쥐고 움직이셨던 장대혁 회장의 지병으로 생

긴 경영 공백을 메울 비상 경영 체제의 회장 대행 기획전략본
부장 선출."

이사회 자리에는 IK저축은행의 박 회장과 어리어리해 보이
는 그의 아들들, 오성은이 담대하게 데리고 온 특성화고등학
교 교복을 자랑스럽게 걸친 그녀의 아들내미 그리고 장명진과
장명은, 장명우, 그 외 핵심주주 몇이었다. 이들은 철저히 침묵
했다. 서로가 서로를 쳐다보지도 않았다. 마치 상대를 투명 인
간 취급하기로 작정한 사람처럼 서로에게 관심 두지 않았다.
박현철은 빠르게 말을 이어갔다.

"현재 기획전략본부장 자리에는 장명은 본부장님이 있습니
다. 때문에 장 본부장님은 비상 경영 체제의 신규 기획전략본
부장 1번 후보로 설정했고요. 그다음은……."

이후 예상 가능한 순서로 후보 이름이 나왔다. 어쩔 수 없이
가족 잔치라는 사실을 증명하는 꼴이었다. 두 번째 후보는 장
명진, 그다음 후보는 장명우였다. 후보를 모두 발표한 뒤 박현
철은 짧지만 둔중한 무게를 가진 말을 이었다.

"비상 경영 체제에서의 회장 대행은 장대혁 회장님의 쾌유
를 바라며 장 회장님의 부재중인 경우에만 기업의 주요 정책
결정을 주도할 것입니다."

하지만 입후보한 세 사람은 모두 알고 있었다. 장대혁은 절

대 쾌유할 수 없을 거란 사실을. 장명우는 그 명제에 한 가지 불가피한 당위성을 부여했다. 쾌유할 수 없어야 한다고.

*

흔히 보던 투표장이었다. 이사와 임원들, 소액주주 대리자들이 흰 천막이 씌인 그곳에 들어가 투표를 진행했다. 그것은, 지독히 허무하게도 10분을 채 넘기지 않았다. 사실 박현철은 중요한 한 가지를 생략했다. 입후보한 삼 남매에게서 출마의 변을 듣는 것을 말이다. 하지만 그렇다고 해서 누구도 문제 삼지 않았다.

무겁고 어색한 침묵은 투표가 끝난 뒤 개표 결과를 기다리면서도 이어졌다. 개표는 법무팀에서 파견된 과장급 변호사가 맡았다. 장명은은 박현철도 그렇지만, 월급만 족히 삼천만 원이상 챙겨 가는 억대 연봉의 소유자인 법인 변호사들이 하나같이 지독하게 사무적이고 심드렁하다는 지점이 못내 신경에 거슬렸다. 자신이 만약 실권자가 된다면 저런 고인 물부터 청산하겠다는 생각을 본능적으로 품게 되었고, 거기서 더 나아가 자신처럼 건강한 상식을 유지하는 이는 입후보 중 자신밖에 없다고 자신했다.

"큰오빠는 어떻게 생각해?"

어두운 침묵을 깬 것도 장명은이었다. 개표를 기다리는 동안 장명은은 직함도 생략하며 장명진에게 말을 건넸다. 장명은이 입을 열자 모두의 시선이 일제히 그녀에게로 쏠렸다. 하지만 한 사람, 검은색 나비 모자를 쓴 오성은만큼은 장명은을 보지 않았다.

"뭘 말입니까, 본부장님?"

"직함 쓰지 말고. 아버지 있을 때는 우리 본사에서도 직함 안 썼어. 새삼스럽게 왜 그래."

"하긴 그건 누나 말이 맞아. 격식 같은 거 언제부터 차렸다고."

장명우가 장명은의 말에 동참했다. 장명진은 그제야 힘을 풀었다.

"그래, 알았어. 말해."

"말 그대로야. 오빠는 어떻게 생각하냐고."

"그러니까 뭘. 뭘 어떻게 생각하냐고."

"우리 삼 남매, 어렸을 적 다 같이 놀러 간 적이 있기는 하나?"

"누나도 참. 생뚱맞게 어렸을 적 이야기는 왜 꺼내고 난리야."

"그냥 궁금해서 그래. 우리가 함께 모여 있던 적이 있었나 해서."

"그런 적 없지. 왜 그런 줄 알아?"

"왜?"

"우리 셋 다 배가 다르잖아."

지극히 노골적인 지적이었지만, 장명진의 말은 맞았다. 삼남매는 모두 각기 다른 어머니에게서 태어났다.

"하지만 피할 수 없는 공통점도 있지."

"그게 뭔데?"

"씨는 하나, 아버지 거라는 점."

"그렇지. 형 말처럼 우린 모두 장대혁의 씨야. 죽었다 깨나도 거역할 수 없는 한 핏줄이란 말이지."

*

그 낡고 비루한 컨테이너를 후일 장대혁 기념관으로 쓰겠다는 야심 찬 계획을 누가 세웠을까. 오성은은 그들, 자신의 자식들의 대화를 더는 듣고 싶지 않아 회의실 밖으로 나와 담배를 피우고 있었다. 그때 오성은의 아들이 그녀와 함께 밖으로 나왔다.

"왜 나왔어? 들어가 있어."

"존나 답답해. 숨 막혀."

"숨 막혀도 참고 들어가 있어. 너도 투표권자야. 삼호그룹에 지분이 있다고."

"지분이 뭔데?"

"그런 게 있어. 그런데 너……."

"왜?"

"청승맞게 왜 교복을 입고 왔어. 옷 없어?"

아이는 입을 삐죽거리다가 오성은을 바라보며 물었다.

"나 언제 미국 보내줄 거야?"

이번에는 오성은이 아들의 얼굴을 물끄러미 쳐다봤다.

"왜 쳐다봐? 존나 민망하게."

"……."

"나도 담배 피운다? 씨발, 안에도 보니까 개막장이던데."

"근데…… 너 안 닮았다. 하나도 안 닮았어."

"뭐가?"

오성은은 더는 말하지 않았다. 녀석의 얼굴은 험악하게 굳어갔다. 그간 오성은이 히든카드로 생각해온, 절체정명의 순간에 쓰고자 했던 장대혁의 서자가 제 아버지의 어느 한구석도 닮지 않았음을 인정할 수밖에 없었다.

"뭐래, 씨발. 그럼 난 누구 아들이야?"

"……."

"응? 말해봐, 엄마. 난 누구 아들이냐고."

"지금 그게 뭐가 중요해."

"씨발."

"들어가자."

"이따 들어갈게."

"들어가자고."

험한 입의 고등학생은 도통 말을 듣지 않았다. 오성은이 아들의 교복 상의를 멱살 쥐듯 부여잡으려 했지만 실패했다. 오성은은 포기하고 고개를 저으며 안으로 들어갔다.

잠시 후 오성은의 아들을 회의실로 데리고 들어온 이는 박현철이었다.

박현철은 조금 전 오성은과 그의 아들 사이의 대화를 들었는지, 모든 걸 알고 있다는 눈빛을 띠며 아이에게 다가갔다. 그러고는 주머니 속에서 담뱃갑을 꺼내 한 개비를 건넸다.

"피워."

"뭐요?"

"보니까 얼굴에 쓰여 있네. 한 개비 더 빨고 싶다고."

"와…….. 졸라 쿨하네."

"니들 때는 다 피운다며?"

철없는 고등학생은 주저하지 않고 박현철이 건넨 담배를 피워 물었다. 그것도 모자라 한 모금을 힘껏 빨아들인 뒤 박현철의 얼굴을 향해 연기를 짙게 내뱉었다. 박현철은 쓸쓸한 기운을 담아 아이를 제법 차갑게 응시했다.

"아저씨가 박 상무죠?"

"알고 있네."

"엄마랑 통화하면서 다 알아봤어요."

"뭘 알아봤는데?"

"우리 엄마랑 그렇고 그런 사이 아니에요?"

박현철이 어처구니없다는 듯 실소를 터트렸다. 오성은의 아들은 그가 그러거나 말거나 담배를 야무지게 입안 깊이 밀어 넣고 있는 힘껏 빨아댔다.

"야."

"왜요?"

"넌 사는 게 존나 재밌지?"

"뭐래, 씨발."

"그냥 내키는 대로 지르고, 내던지고, 지랄하다가 지치면 내처 자면 되니까. 그러니까 존나 재밌잖아, 안 그래?

"뭐라는 거야."

"나이 조금만 더 먹어봐라. 지금 맛있게 빨아 먹고 있는 그거, 그게 세상에서 가장 쓴 독처럼 느껴질 테니까."

*

"투표 결과를 발표하겠습니다."

한 변호사가 보드 마커를 쥐고는 여전히 심드렁한 표정으로 보드 위에 후보의 이름을 적었다. 명색이 재계 20위권에 드는 그룹의 경영권을 좌우하는 순간이라 하기엔 지나치게 아날로그적인 느낌이 강했지만, 형식이 어떻든 저 감흥 없는 손짓으로 보드 위에 적히는 표수에 따라 장대혁의 뒤를 이을 실권자가 정해짐이 틀림없었다.

하지만 변호사는 세 후보의 이름을 적은 뒤 결과를 적지 않았다. 그저 멀뚱멀뚱 박현철만 쳐다볼 뿐이었다. 그러자 자리에 있던 모든 이의 시선 역시 자연스럽게 박현철에게 쏠렸다. 참다 못한 장명진이 물었다.

"뭡니까! 왜 발표 안 해요?"

"비상 이사회 구성 발표부터 해야 해서요."

박현철은 마치 결과를 예측이라도 했다는 듯 이사회 세칙이

출력된 서류를 봉투에서 꺼냈다.

"여기 이사회 세칙 4조 2항에 비상 경영 체제 본부장 선출에 관한 세칙이 적혀 있습니다."

예상하지 못한 박현철의 발언에 장명우가 따지듯 물었다.

"그게 무슨 소리야? 말하고 싶은 게 뭔데요?"

장명우의 격양된 말투에도 박현철은 표정 하나 변하지 않고 말을 이었다.

"간단히 말씀드리죠. 투표 결과 1위가 과반을 차지하지 못하면 2차 투표를 진행한다."

이번에는 장명은이 물었다.

"지금 투표 1위가 과반이 아니다, 이 말인가요?"

"그렇습니다."

침착한 박현철의 대답에 장명우는 이성을 잃었다.

"씨발, 그걸 어떻게 믿어? 보드에다 적어! 적으라고!"

흥분한 삼 남매와 달리 그들의 행동을 예상했다는 듯 박현철의 행동과 표정은 차분하기만 했다. 그 괴리 사이에서 숨 막힐 듯한 긴장감이 감돌았다. 그때였다. 오성은의 아들이 딸꾹질을 했다. 황당함이 서린 고요 속에서 딸꾹질 소리는 지나치게 컸고, 장명우는 자신도 모르게 웃음이 터졌다. 다른 이들도 따라 웃기 시작했다. 잠시 후 장명은이 애써 침착한 말투로 박현철을 향해 말했다.

"보드에 결과를 적어주시면 좋겠어요."

"세칙을 자세히 읽어보시겠습니까?"

"뭐라고 적혀 있길래요?"

박현철은 마치 기계와 같은 움직임으로 장명은에게 다가가 서류를 건넸다.

"과반을 기록하지 않으면 그 결과를 절대 비밀에 부친다? 아니, 이 말도 안 되는 빌어먹을 이사회 세칙은 누가 정한 겁니까?"

"장대혁 회장님입니다. 그러니 가급적 모욕적인 불만이 담긴 말은 삼가도록 하시죠."

장명진이 참지 못하고 발언했다.

"그건 독소조항이에요. 이런 식으로 결과를 모르면 이후에 전략 수립도 어렵고 대응도 난처해요."

"어쨌든 회장님의 뜻이 담긴 세칙입니다. 준수해야 할 의무가 우리 모두에게 있습니다."

"하……. 그럼 그다음엔 뭐, 어떻게 해야 하죠?"

"2차 투표는 정확히 48시간 이후, 같은 장소에서 진행됩니다."

"그때는 어떻게 되는데요?"

"만약 그때도 1위가 과반을 넘기지 못하면…… 거기까진 세칙에 적혀 있지 않아 유권해석이 필요합니다."

"유권해석? 미치겠네."

순간 장명은은 혹시 이 세칙도 장대혁이 치매 상태에서 수립한 게 아닌가 하는 의문이 들었다. 그때 장명진이 자리에서 벌떡 일어나 박현철을 향해 다가갔다. 그러자 박현철은 재빨리 결과지가 든 투표함에 불을 붙이는 촌극을 벌였다. 그 모습을 본 장명진이 발걸음을 멈춰 서서 황당하다는 표정으로 물었다.

"뭐야! 이것도 그 빌어먹을 세칙 사항인가?"

"아닙니다. 이건 재량껏 행사한 제 방어 행위입니다."

"아, 씨발! 누나! 저 개새끼 왜 데리고 있었어? 안 자르고 뭐 했어!"

분위기는 더 엉망진창이 됐다. 박현철과 변호사들을 향해 장명우는 계속해서 욕설을 퍼부었다.

"상스러운 말 삼가시죠. 그리고 이 시간부로 정확히 48시간 후, 그러니까 크리스마스 다음 날 오후 3시에 2차 투표를 진행하도록 하겠습니다."

그 말을 끝으로 박현철이 서둘러 밖으로 나갔다. 빨라진 걸음이 자신의 의지인지 두려움에 떠밀리는 건지 알 수 없었다.

하지만 빠르게 탈출하는 게 자신에게 유리하다는 걸 그는 잘 알고 있었다. 박현철은 분명 그런 인간이었다.

삼 남매는 이사회가 끝난 뒤로도 제법 오랜 시간 자리에 앉아 있었다. 한참이 지난 뒤에야 장명우가 전자 담배를 입에 물며 말문을 열었다.

"배고프다. 뭐 좀 먹자."

워낙 오랜만에 침묵이 깨져서 그랬을까. 장명우의 목소리에 장명진이 고개를 번쩍 들었다.

"넌 지금 뭘 먹자는 소리가 나오냐?"

"왜? 지금이 딱 그럴 때 아닌가? 밥 먹을 때."

＊

다음 날, 퀴퀴한 냄새 가득한 스크린골프장에서 장명진과 장명우가 만났다. 장명우는 믿을 수 없다는 듯 낡은 스크린골프장을 둘러보며 장명진을 향해 말했다.

"형이 이런 곳을…… 왜 와?"

"뭔 소리야."

"여기 의미 있는 장소야? 경제학 교수가 이런 스크린골프장을……."

"왜, 교수는 스크린골프장 오면 안 되냐?"

"아니, 여긴 일반적인 스크린골프장이 아니잖아. 강남도 아니고, 냄새도 쩔고."

장명우의 활동지와는 거리가 먼 구역에 자리 잡은 곳이었다. 그래서인지 장명우는 호기심 반, 의심 반으로 이상할 만큼 집요하게 굴면서 장명진에게 해명을 요구했다. 장명진이 못 말리겠다는 듯 고개를 흔들다가 낡은 골프채 하나를 집어들며 말했다.

"너, 보기보다 집요하구나? 왜, 뭐 도청이라도 할까 봐?"

"도청해도 상관없으니까 그냥 말해. 형은 아니겠지만 난 궁금한 건 못 참거든."

"큰 의미 없어. 스트레스 쌓이면 오는 곳이야. 와서……."

"와서, 뭐? 뭐 하는데?"

"도박도 하고, 섹스도 하고."

"헐! 여기서 떡을 친다고?"

"새끼, 명색이 대표라는 게 표현이 그게 뭐냐? 상스럽게."

"새삼스럽게 왜 그래? 나 상스러운 거야 자타 공인인데."

장명우가 잠시 생각을 곱씹더니 웃음을 띠며 말을 이었다.

"아무튼 놀랄 노 자네. 형한테 그런 은밀한 취미가 있었다니. 거기다 이렇게 아지트까지 정해두고 있었다니 말이야."

"됐고. 자, 이 정도 했으니 본론으로 들어가자."

장명진이 가방에서 노트북을 꺼내 펼치고는 녹음 파일 하나를 재생했다. 아버지 장대혁과 박현철의 대화가 담긴 녹취록이었다.

대부분의 내용은 일방적이면서 파괴적이었다. 장대혁은 치매 증상 때문인지 계속해서 적개심 품은 욕설을 퍼부었는데, 문제는 박현철이었다. 그는 횡설수설하는 장대혁에게 계속해서 말을 건네고 있었다. 뭔가 자신만의 시나리오를 만들어가려는 모습이었다.

녹취 파일 재생이 끝나자 장명진이 장명우의 표정을 살폈다. 멍한 표정을 짓고 있었는데, 시선은 노트북이 아닌 장명진 쪽이었다.

"어때? 박 상무 이 씹새끼, 그냥 멍청한 새끼가 아니지? 고도로 대가리 굴리는 좆같은 새끼지?"

"그도 그런데⋯⋯. 이거 도청한 거지? 형, 이런 도청도 할 줄 알아? 그리고 그런 쌍욕도 할 줄 알고? 와, 나 진짜 오늘 많이 놀라네."

"놀랄 것도 많다."

"원래 교수가 이런 짓도 해?"

"교수니까 할 수 있는 거야."

"뭐? 왜?"

"말도 안 되는, 근거도 없는 도덕적 우월감을 보유한 우성인 자가 바로 교수란 인간들이니까."

"그래, 뭐. 그건 그렇고, 박 상무가 아버지를 요리하고 있다는 거지?"

"응. 그래서 이 대목에서 전략이 필요해."

"무슨 전략?"

"우리가 선우웅걸을 파고드는 것."

"선우웅…… 뭐?"

"아버지 주치의 말이야, 새끼야."

"어, 아……. 오늘 형, 좀 거칠다?"

"이런 현상적 변화가 중요한 게 아니라고 얘기했지?"

"알았어. 그런데 어떤 전략을 써야 하는데?"

장명진이 낡은 가방에서 서류 하나를 꺼냈다. 의학 소견서와 공문서였는데, 의학 소견서는 온통 영문으로 쓰여 있었기에 장명우의 시야에서 멀어졌고, 장명우를 사로잡은 건 공문서의 제목이었다.

"강제 입원 동의서?"

"응. 가족 중 두 명 이상 동의하면 돼."

"두 명이면 누구? 형하고 나?"

"그렇지."

"근데 누나는 왜 빼?"

"야, 장명우. 정신 안 차릴래? 박 상무가 누구 사람이냐. 아버지가 데려와 장명은한테 심은 사람이라잖아. 씨발, 이 똥멍청이 장명우야."

"욕 좀 하지 마, 형!"

"잘 들어. 삼호그룹 식구는 다 장대혁 아바타들이야."

"형은?"

"난 그 꼴 보기 싫어서 일찌감치 학교로 도망친 거고."

"음, 그럼 난?"

"너도 아바타였지. 네가 하는 그 엔터 회사, 10년째 적자 아닌가?"

"적자라기보다는…… 투자 중이지."

"지랄하지 말고. 아무튼 요지는, 삼호그룹 식구는 다 장대혁 아바타인데, 그 아바타 중에 가장 지랄맞은 게 바로 장명은이고, 박 상무는 현재 장명은의 최측근이란 점이야."

"박 상무가 그 정도로 중요한 인물인 줄 몰랐네."

"아니지. 박 상무가 중요한 게 아니라 장명은이 지금 이 설계의 배후에 있을지도 모른다는 게 중요한 거야."

"……"

"자, 그럼 이제 답은 확실하지? 우리 둘이 손을 잡아야겠지?"

"그런데 형."

"말해."

"그럼 내일 있을 이사회에서 누가 왕이 되는 건데?"

"장명우, 잘 들어. 너하고 나, 둘 중 누가 왕이 되는 게 중요한 게 아니라 우선 장명은 그 씨발년부터 막아야 한다는 거야. 그게 지금 당장 우리가 넘어야 할 허들이라고."

"와……. 형 입에서 누나가 씨발년이 될 줄이야."

"말꼬리 잡지 말고 사태 파악이나 잘해. 우선 그 허들 넘어서야 우리가 살아. 그래야만 너하고 나, 왕이 되는 일전을 치를 수 있어. 너, 결승전도 해보기 전에 실격될 거야?"

"아니."

"그럼 빨리 서명해, 어서!"

장명진이 이토록 과격할 만큼 적극적일 수 있었나. 장명우는 내심 감탄했다. 그 감탄의 연장선에서 장명우의 손은 저절로 춤을 추듯 움직였다.

그렇게 '강제 입원 동의서'에 서명이 완료되었다.

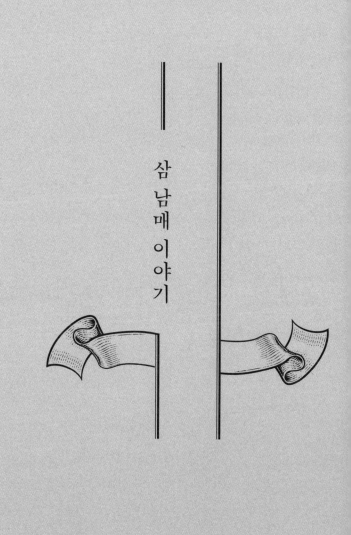

삼 남매 이야기

장명은이 병원을 찾았을 때, 선우웅걸 선생은 자신의 진료실에서 골프 퍼팅 연습을 하고 있었다. 자신이 아직도 건재하다는 걸 과시하려는 모양이었지만, 팔순 가까이 되는 노인의 퍼팅 품새가 좋을 리 없었다. 엉거주춤하기만 한 그의 모습은 오히려 서글픈 노욕의 위태로움을 닮아 있었다. 그가 다시 퍼팅 자세를 잡았을 때 장명은이 그에게로 다가갔지만, 선우웅걸은 그녀를 보는 둥 마는 둥 했다. 장명은은 제대로 퍼팅 기계 앞을 가로막고서 자신을 보지 않는 선우웅걸을 향해 쏘아붙였다.

　"선생님, 어떻게 된 거예요?"

　"뭐가 어떻게 됐는데?"

"아버지 병실이 왜 이동된 거죠? 폐쇄병동으로 입원시킨 거 누구 뜻이에요?"

"누구 뜻이긴 누구 뜻이야. 너희 가족 뜻이지."

"무슨 말씀이세요? 전 동의한 적 없어요."

"강제 입원 분명히 동의했어."

"난 동의한 적 없다고요. 그러니 말해주세요. 강제 입원 진행한 인간 누구예요!"

"난 소견서 쓴 죄밖에 없다."

"하……. 빨리 말하세요. 지금까지 아버지 밑에서 월급 받아드셨으면."

"말본새 하고는. 진짜 말해줘?"

"빨리요."

"누구긴 누구야. 네 오빠, 장명진 교수지."

선우웅걸은 태연한 척 장명진 이름을 꺼냈지만, 그의 표정은 묘하게 흔들리고 있었다. 자신도 잠시 잊었던 죄책감이 이름 석 자와 함께 끌어 올려진 모양이었다. 장명은은 그런 선우웅걸의 표정 따위에 관심을 보일 여유가 없었다. 익숙한 이름이 낯선 타이밍에 등장한 순간, 그녀는 곧바로 패닉 일보 직전의 소용돌이에 빠져들었다.

"얘기 좀 해."

"……."

"오빠!"

"네가 다급하긴 다급했구나? 너 원래 나한테 별 관심 없었잖아."

"왜 그렇게 생각해?"

"내가 어느 대학의 교수로 있는지 여태 모르다가 이번에 안 거잖아. 아버지 치매로 쓰러지지만 않았어도 우리 삼 남매 이렇게 자주 만날 일 절대 없었을 거 같은데. 꽤 신기하다, 그치?"

"헛소리 집어치우고! 오빠는 날 기만했어. 그리고……."

"그리고 뭐?"

"오빠…… 처음부터 그런 마음을 가지고 있었던 거야."

"무슨 마음?"

"아버지 강제 입원, 오빠가 주도했다면서?"

"아, 그래서?"

"그것도 모자라서, 명우까지 끌어들였어?"

"끌어들인 게 아니라 협의한 거지."

"협의? 무슨 협의? 장명우하고 무슨 협의를 해?"

"형제끼리 할 수 있는 협의가 있어. 됐냐?"

"놀고 있네. 형제는 무슨……. 그리고 오빠가 명우 직접 불렀다면서?"

"……."

"오빠, 정신 차려! 명우는 괴물이야. 오빠나 난 그나마 최소한의 룰은 지키면서 움직이는 개새끼지만, 명우는 다르다고. 예측이 전혀 안 되는 미친놈이라고!"

"명은이 네가 룰을 지켜가면서 움직인다고?"

"……."

"우리 좀 솔직해져볼까? 박 상무도 그렇고, 법무팀 변호사, 총무팀 최 과장, 하다못해 주치의 선생까지. 삼호의 모든 사람들한테 네가 월급 준다는 생각하고 있었잖아, 아니야?"

"무슨 말을 하고 싶은 거야?"

"네가 아버지란 인간 밑에 들어가 본부장으로 비벼대면서 꾸민 일련의 행동이 심상치 않아서 하는 말이야."

"뭐?"

"명은아, 장명은."

"……."

"별로 좋아하진 않지만, 우리 옛날얘기 한번 해볼까?"

"옛날얘기?"

172

"나 중학생 때, 초등학생이던 명은이 네가 우리 집에 들어왔어. 그때 너희 엄마가 우리 엄마 쫓아내고 우리 집 곳간 차지하려 들었지."

장명은의 얼굴이 살짝 찡그려졌다. 장명진도 그것을 확인했지만 아랑곳하지 않고 말을 이었다.

"하지만 우리 엄만 쉽게 물러나지 않았고, 결국 집에서 두 여자가 박 터지게 싸우기 시작했어. 늘 봐오던 막장 드라마의 한 장면이 펼쳐지고 있던 거야."

"입 닥쳐, 오빠."

"……."

"그 얘긴 왜 꺼내는 건데? 하고 싶은 말이 뭐야!"

"그래. 요점만 간단히, 알겠어. 하고 싶은 말은 이거야. 과연 넌 무슨 생각으로 지금까지 아버지 밑에서 일했느냐."

"……."

"어떤 감정이었을까? 네 말대로 진짜 너는, 너만큼은 명우처럼 정신 나간 괴물이 아니라는 가정하에 말이야."

"오빠……."

"잠깐, 끝까지 들어. 그래서 말이야. 난 차라리 음흉하면서 이성적인 척하는 명은이 너보다 미친놈 같지만 투명한 명우 편에 서는 게 나을 것 같아. 그게 더 인간적인 것 같아. 숨 쉬고 살아 있는 것 같다고."

장명진의 말이 끝나기도 전에 장명은이 실소를 보였다.

"오빠, 그거 착각이고 낭만이야."

"착각?"

"아, 우리 교수님 어떡하지? 오빠가 이 대학이란 죽은 공간에 너무 오래 갇혀 있었다."

장명진을 바라보던 장명은의 눈빛이 바뀌었다. 다시 입을 열었을 땐 전에 없던 서늘한 기운이 흘렀다.

"순진해. 순진하고, 역겨워."

*

시간은 덧없이 빨리 흘러갔다. 다시 개최될 이사회를 준비하는 과정에서 장명진은 장명우와 술자리를 가졌다.

"나는 이게 정말이지 꿈을 꾸는 것 같단 말이야."

"꿈은 무슨. 형제가 모여서 술 한잔할 수 있지."

"아니, 자리가 자리잖아. 이런 데서 형이랑 술 마실 수 있다는 게 놀랍다, 이 말이지."

"놀랄 일도 많다."

"그런데 형. 형도 이런 데 좋아해? 원래 교수님들은 이런 데

오면 안 되는 거 아닌가? 좀 고상하고 세련된 곳을 갔어야 했나 싶어서."

"교수가 뭐, 별거냐? 먹고사느라 눈치 보면서 어딘가 기생하며 사는 건 다 똑같지."

말을 마친 장명진이 문득 자신이 앉아 있는 공간을 의식하듯 주위를 크게 둘러봤다. 장명우의 반응을 의식하며 이곳이 룸살롱임을 다시 자각했다. 천박한 욕망이 들끓고 인간의 본성이 그대로 분출되는 곳.

"나 화장실 좀 다녀올게."

자리에서 일어난 장명진이 복도로 나왔다. 최고급 실내장식으로 꾸며진 지하 룸살롱은 무척이나 길고 아득하게 펼쳐져 있었다. 장명진은 걸음을 옮길수록 점점 더 깊은 늪으로 빠져드는 느낌을 받았다.

화장실은 복도 끝에 있었다. 화장실 문을 연 장명진 눈에는 거울밖에 보이지 않았다. 마치 모든 것을 비출 요량인 듯 자신의 이목구비가 이보다 선명히 보일 수는 없었다.

문득 장명진의 머리를 스친 생각이 있었다. 늙, 었, 다. 그것은 마치 독백으로 자연스럽게 연결되는 탄성을 닮아 있었다. 극사실적으로 비추는 거울에 비친 자신의 얼굴이 마치 초로의 노인 같다고 느껴졌다.

"내가 언제 이렇게 늙어버렸지?"

애달프게 혼잣말을 내뱉는 장명진의 눈빛에서 악동과 같은 잔혹한 아쉬움이 짙게 배어 나왔다. 아마도 여지껏 시간을 허비한, 더 일찍 본성에 눈뜨지 못한 스스로를 향한 아쉬움이었을 것이다. 그때, 화장실로 따라 들어온 장명우가 담배를 입에 물고 매캐한 연기를 내뿜으며 거울 속 장명진에게 말했다.

"형이 뭐가 늙었어. 그 나이대에서 형만큼 동안이 어딨다고."

"입에 발린 말도 할 줄 알고. 우리 명우 사회생활에 능한 편이구나?"

"당연하지. 나 사회생활 만렙이야, 씨발!"

화장실에서 룸으로 돌아오니, 장명진이 앉았던 자리에 한 여자가 앉아 있었다. 큰 키에 마른 체형인 여자는 야한 옷차림에 짙은 메이크업을 한 상태였다.

"형, 학생들만 가르쳐서 잘 모르지? 얘가 요즘 잘나가는 배우야. 우리 회사 소속."

"배우님한테 얘가 뭐냐."

여자는 기분이 좋은지 웃음을 내보이며 장명진에게 먼저 인사를 건넸다.

"잘 부탁해요, 교수님."

"그래요. 술이나 받아요."

여자에게 위스키 한 잔을 따라주면서 장명진은 문득 생각했다. 예전 같았으면 강의실에 앉아 있는 학생들을 보며 그들의 젊음이 싱그럽다고 느꼈겠지만, 지금은 오히려 이렇게 밤의 시간에 놓인 젊음이 더 생동감 넘치는 것 같았다. 아니, 확실했다. 장명진은 자신이 애써 쌓아 올려온 신념과 윤리가 한순간에 허물어졌다는 생각을 지울 수 없었다. 그런 장명진을 보며 장명우는 왠지 모를 뿌듯함을 느꼈다.

"뭐야, 벌써 둘이 눈이 맞은 거야? 교수님이란 호칭 진짜 잘 어울리네."

"교수는 무슨, 집어치워라."

"형, 그러지 말고 이거 봐봐. 이 위스키가 얼마짜리인 줄 알아? 한 병에 1억이야."

"……"

"샴페인 파티에 억대가 넘는다는 기사, 몇 년 전에 났는데 본 적 있어? 그게 바로 여기야."

"명우야."

"응?"

"넌 돈 쓰는 게 재밌어?"

"뜬금없이."

"형은 돈을 세어가면서 살아. 그런데 넌 안 그렇지?"

"난 돈 세어본 적이 없어. 그래서 그렇게 돈 쓰는 게 뭔지 몰라."

"그래, 그럴 것도 같다."

위스키를 한입에 털어 넣은 장명우가 혀를 길게 내밀어 장명진에게 보였다.

"형, 이거 한번 봐봐."

"뭔데?"

"난 이렇게 피어싱이라도 해서 혀끝이 얼얼하고 따끔해야 재미가 있어. 이런 자극이라도 있어야지 사는 것 같다고."

"그럼 명우 너 혹시……."

"왜, 내가 약이라도 할까 봐?"

"……아니야?"

장명진이 긴장한 마음을 감추려는지 위스키를 단숨에 비웠다. 장명우의 얼굴은 어느새 발그레해졌다. 목소리 톤도 과도하게 높다고 느껴졌다. 술 때문만은 아닌 것 같았다.

아니나 다를까. 장명우가 갑자기 장명진 옆에 앉아 있는 여자를 향해 다가갔다. 그러더니 장명진을 바라보며, 고개를 푹 숙이고 있던 여자의 긴 생머리를 한 손으로 잡아 뒤로 젖혔다. 여자의 두 눈은 아찔할 만큼 풀려 있었다. 장명우는 여자를 짐

178

짝처럼 밀어버린 후 여자의 술잔 옆에 놓여 있던 하얀 가루를 코끝으로 한 번에 힘껏 빨아들였다. 그 모든 움직임에도 시선은 내내 장명진을 향하고 있었다. 마치 자신이 괴물임을 자랑이라도 하듯.

"어떻게 알았어? 우리 형, 정말 교수 맞네."

"미친 새끼. 역시 괴물 맞았어."

"이거 봐, 똑똑한 거 봐. 맞아. 역시 교수님은 다 맞히네."

키득거림으로 시작한 장명우의 웃음이 점점 커졌다. 어느새 비명에 가까워진 그의 웃음소리가 높은 천장을 치고 내려와 장명진의 귓가에 박혔다.

*

그들의 비밀스러운 대화를 누군가 엿듣고 있을 줄은 형제는 꿈에도 몰랐다. 검은 칸막이 너머 더 비밀스러운 이들이 존재했다.

김예훈과 장명은은 옆 공간에 설치해놓은 몰래카메라로 그들의 모습을 하나도 놓치지 않고 지켜보고 있었다. 익숙하게 마약을 하는 장명우와 그런 장명우를 보고도 담배를 꼬나문 채 비열하게 웃고 있는 장명진의 모습을, 두 사람은 태연한 눈빛으로 바라봤다. 하지만 장명은의 평정심은 어느새 바닥을 드러내고 있었다.

"남자들은 다 이렇게 노는 건가?"

"애들이라면 그렇겠지?"

"당신은 애가 아닌 것처럼 말하네. 비슷한 나이 아닌가?"

"나이를 말하는 게 아니야. 기운이 넘치는 인간이면 모두 애들이지."

"……."

"애들 특징이 뭔 줄 알아?"

"뭔데?"

"리스크를 두려워 않는다는 거야."

"그게 장점이야, 약점이야?"

"둘 다지. 더 중요한 건 뭔지 알아?"

"지금 무슨 스무고개 해?"

"까칠한 건 여전하네. 진짜 문제는, 애들처럼 뭐라도 분출시킬 기력도 없는 늙은이들이야."

"……."

"질문하는 거 싫어하는 거 알지만, 하나만 물어볼게. 지금 저기 있는 애들의 치명적 약점을 수집하고 있는 나하고 당신은 과연 애일까, 늙은이일까?"

"내가 그 질문에 쉽게 답할 수 있을 것 같아?"

"그럼 내가 알려줄게. 당신은 분명 늙은이야. 왜 그런 줄 알아?"

"왜?"

"지킬 게 너무 많거든."

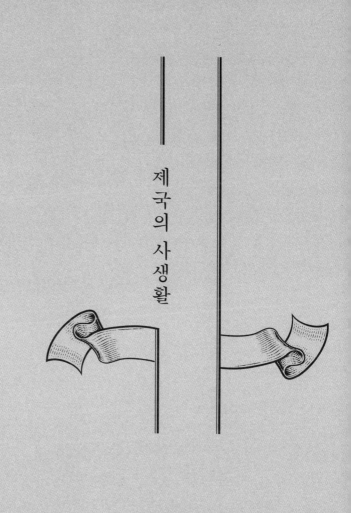

제국의 사생활

2차 긴급 이사회가 열리기 다섯 시간 전, 오성은이 장명은을 찾았다. 점령군처럼 삼호그룹 본사를 찾은 그녀인 줄 알았지만 오성은의 표정은 그것과 어울리지 않았다. 장명은을 바라보는 오성은의 눈빛은 너무도 간절해 보였다. 물론 장명은은 그녀의 눈빛에 호응할 마음이 없었다.

　"왜 오셨어요?"

　"왜 오긴. 우리 둘째 딸과 더 긴밀히 협약하기 위해 왔지."

　"협약은 무슨 협약."

　"뭐? 그게 무슨 소리야?"

　"우리 신뢰 관계는 이미 깨졌어요."

　"왜! 뭐 때문에?"

"새어머니가 지난 이사회에서 날 밀어줬다면 과반 달성은 문제도 아니었어요. 그럼, 그때 경영권은 이미 결정되고도 남았다고요. 아니에요?"

"내가 너한테 투표하지 않았다고 생각하는 거니?"

"당연하죠."

"아니야."

"아니라고요?"

"그래! 난 처음부터 명은이 네가 자리에 올라야 한다고 생각했어. 그래야 경영권이 안정될 테고, 그래야 주가도 동요하지 않고, 그래야……."

"……."

"내 아들에게 적어도 미국 가서 먹고살 수 있는 비용은 마련해줄 수 있으니까."

"갑자기 왜 약자 코스프레를 하고 그러세요? 약자도 아니면서."

오성은은 장명은의 한 마디 한 마디에 날이 서 있다는 걸 느꼈다. 차가울 만큼 당당하고 자신 있어 보였다. 자신의 지지가 없어도 원하는 것을 얻을 수 있다는 확신이 느껴졌다. 어찌할 줄 몰라 하는 오성은을 보며 장명은은 헛웃음을 터트렸다.

"내 전남편이 당신을 찾아갔겠죠."

그 순간, 간절하던 오성은의 눈빛이 돌연 차갑게 변했다. 이어지는 오성은의 비릿한 미소를 보며 장명은은 치가 떨렸다.

"알고 있네?"

"당연히 알죠. 그 인간 역시 어떻게든 한자리 차지하려는 속셈으로 가득하니까."

"그래. 그래서 나도 사태 파악 좀 해봤어."

"해서요? 나름의 결론은 어떻게 나왔죠?"

"이렇게 된 거, 솔직하게 말할게. 다른 대안은 없었어. 아까 말했듯 삼호그룹은 네가 이끌어야 된다는 걸 깨달았어."

"역시 배우는 배우예요. 진짜 뼛속까지 연기자가 맞아요."

"무슨 소릴 하고 싶은 거야."

"메소드 연기라는 게 있지 않나요? 다르게 말하면 리플리증후군이라고도 할 수 있겠고요."

"도통 무슨 말인지 모르겠네."

"지금 새어머니는 진심 아닌 감정을 자기 자신조차 속이면서 얘기하고 있네요. 마치 진심인 것처럼. 아니다, 지금 이 순간은 진심이려나?"

"……."

"뭘 깨달았다는 거예요? 제가 삼호그룹에 맞는 옷이라고요? 그게 정말 진심에서 우러나온 말이에요?"

"명은이 너, 오늘따라 왜 이렇게 날이 서 있지?"

"환멸이 느껴져서 그래요. 그냥 솔직해지지, 왜 이렇게 탐욕적인 모습을 어떻게든 감추려고 하는지, 그 위선이 역겨워서요."

"그럼…… 그 위선에서 넌 뭐, 예외라고 말하고 싶은 거야?"

"적어도 전 주제 파악은 하고 있다는 걸 알려드려야겠네요."

"주제 파악이라……."

"주제 파악 제대로 한 결과가 뭔지 아세요? 가장 중요한 건, 다섯 시간 후에 있을 이사회 결과는 전혀 중요하지 않다는 거예요."

*

오성은은 장명은의 말을 이해할 수 없었다. 대체 뭘 의미하는지 모르겠는 해석 불가한 상태가 되어 그녀는 극한의 두려움에 빠져들었다. 오성은에게 예측할 수 없는 불확실함은 공포 그 자체였다. 공포의 여진이 여전한 상태에서 2차 이사회가 열렸다.

박현철과 변호사는 이전 이사회 때처럼 투표를 진행했다. 지금의 긴박한 상황 역시 그들에게는 그저 조회하듯 치러야 할 일상의 단면으로 보였다. 오성은은 장명은의 대각선 앞자리에 앉아 있었다. 장명은에게 투표했다는 걸 뚜렷이 내보이기 위해서였다. 보란듯 장명은의 이름을 적고, 고개를 돌려 그녀와 눈을 맞췄다. 연대를 원하는 눈빛 신호를 적극적으로 보내고 있었다. 장명은은 고개를 슬쩍 가로저었다. 피할 도리 없이 오성은의 시야에 모두 담기는 씁쓸한 미소를 지어 보이며. 공포가 닿아 있던 자리에 불안의 상흔이 깊게 파고드는 순간이었다.

"2차 이사회 투표 결과를 말씀드리겠습니다."

박현철이 건조하고 사무적인 표정으로 세 명의 이름이 적힌 보드 앞에 섰다. 변호사로부터 개표 결과를 받은 뒤 간단한 확인 절차를 거친 그는, 거침없이 보드 위에 투표 결과를 적어 넣었다.

그 순간, 오성은이 비명에 가까운 날카로운 소리를 냈다.

"이게 지금 뭐 하는 거야? 무효야! 이거 무효라고! 박 상무 너 지금 누구 편이야? 똑바로 처신 안 해?"

"사모님, 전 누구의 편도 아닙니다. 삼호그룹 편입니다."

"지랄하고 앉아 있네. 무효야, 이거. 왜냐고? 장명진하고 장명우, 그 패륜아 새끼들이 우리 회장님 강제 입원시켰어. 내가 다 알고 있어!"

투표 결과가 나온 보드 앞에서 오성은은 길길이 날뛰고 있었다. 투표의 과반을 넘은, 모두가 원하는 왕좌에 오른 이는 장명우였다. 장명진이 자신의 지분을 장명우에게 몽땅 넘기는 야합을 시도한 결과였다. 오성은의 흥분은 절정에 이르렀다. 장명우가 자신을 구제할 수 없다는 걸 알기에 자신의 약점까지 쥐고 있는 장명우가 권력을 잡으면, 오성은은 그저 바스러질 낙엽이 될 것이 불 보듯 훤했기에 계속해서 발작하듯 소리쳤다.

"장 교수 너 미쳤어? 미쳐버려서 저 또라이한테 지분을 밀어준 거야?"

팔짱을 낀 채 꼿꼿이 앉아 있는 장명진은 아무 대꾸도 하지 않았다. 그저 자신을 향해 패악을 부리는 오성은을 물끄러미 지켜볼 뿐이었다. 오성은은 답답함을 느끼며 누군가가 나서주길 바라는 마음으로 이리저리 시선을 돌렸다. 그 순간 오성은은 강하게 실감했다. 삼 남매 모두 이 상황이 아무렇지 않음을 증명하기라도 하듯 건조한 눈동자라는 걸.

"미쳤어……. 다 미쳤어."

오성은은 그 한마디를 남기고 가장 먼저 회의실을 박차고 나갔다. 자기 엄마의 처음 보는 모습에 당황한 기색이 역력한 오성은의 아들 역시 곧바로 그녀를 따라 나갔다. 이 순간 두 형

제는 철저한 승자였다. 오성은의 눈에 비친 그들은 영혼 없는
사물의 한 단면을 빼닮아 있었다.

*

    가장 극적인 반전은 때론 어처구니없는 벼랑 끝에서 터지기
도 한다.
    어렸을 적 삼 남매는 생각했다. 자신들의 엄마만 제대로 지
키면 된다고. 어린 마음에 필사적으로 그렇게 생각했다. 하지
만 그들의 간절한 바람과 다르게 장대혁은 그들의 엄마들을
우습게 갈아치웠다. 삼 남매에게 아버지 장대혁이 안겨다준
진실은, 세상은 가장 원초적이고 예측 불허한 방식으로 나아
간다는 것이었다. 비극으로 펼쳐질지, 희극으로 펼쳐질지 가늠
하는 것 역시 어처구니없게도 당사자의 몫이었다. 그리고 지
금 이 상황 역시 삼 남매가 감당하고 판단해야 할 몫으로 남아
있었다.
    오늘의 반전, 그 주인공은 김예훈이었다. 김예훈은 금융감
독원 원장실에 앉아 있었다. 새로 취임한 금융감독원장과 무
려 독대였다. 김예훈은 원장실 너머로 펼쳐진 서울의 낮 풍경
을 얼핏 살폈다. 서울시 전체가 다 보일 정도로 탁 트인 전경이

김예훈의 마음을 끌었다. 그러고는 커피포트 앞에 서 있는 정지우 원장을 조심히 살펴봤다. 검사 출신인 그는 예전이나 지금이나 구부정한 어깨, 얼굴 대부분을 차지하고 있는 커다란 다초점 안경, 불안하게 흔들리는 시선을 내보이고 있었다. 하지만 김예훈은 그런 그를 보며 깊은 안정감을 느꼈다. 고등학교 동문 지간인 둘은 꽤 오랜 시간 사적인 자리를 가지며 돈독한 우정을 다져왔기 때문이다. 대한민국 사회에서 인맥은 결코 무시할 수 없음을, 김예훈은 어느 때보다 뼈저리게 실감하고 있었다.

정지우가 김이 펄펄 나는 컵을 들고 와 김예훈 앞자리에 놓아주었다. 이 친근감. 극적 반전은 분명 이런 것이라고 김예훈은 생각했다. 정지우는 초점 없는 눈동자를 이리저리 어지럽게 굴리며 김예훈을 바라봤다.

"이래 봬도 보성 녹차야."

"네, 차 색깔을 보니 좋은 차 같네요."

"그래, 그럼 얼른 한 모금 쭉 들이켜봐."

"원장님, 생각보다 클래식하네요. 아니면 거 뭐야. 품위 있다고 해야 하나?"

"새끼……. 원장이 뭐야, 원장이. 그냥 선배라고 불러."

김예훈은 정지우를 차분히 들여다봤다. 젊어 보이고 싶어 노력한 흔적이 곳곳에서 엿보였다. 이걸 신세대라고 해야 하나, 생각들었다. 언론과 경제 전문지에선 '사십대 금감위원장의 혁신적인 노력'이란 기사가 실시간 업데이트되고 있었다. 마침 그들 앞에 놓인 테이블 위에도 비슷한 제목의 헤드라인이 붙은 신문이 놓여 있었다. 그 기사 속에 김예훈의 시선을 잡아끄는 내용이 있었다. 삼호그룹의 워크아웃을 진행하고 전문경영인 체제로 전환하겠다고 발표한 내용이 그것이었다. 정지우는 턱짓으로 신문을 가리키며 말했다.

"삼호를 워크아웃까지 끌고 갈 줄은 몰랐어."

정지우의 성공에는 김예훈의 공이 컸다. 김예훈은 금융감독원 추적팀을 가동해 세금 관련 체납 의혹을 본격화하고, 증권가 지라시를 더욱 부채질해 장대혁의 치매설을 더 비극적인 상황으로 몰아갔다. 그 결과 주가는 폭락했고, 보이지 않는 증권가 작전 세력의 개입으로 삼호그룹 계열사 중 한 곳은 도산하고 말았다. 이를 주도한 그의 물밑 작업은 사실 장대혁의 치매 이전부터 차곡차곡 준비된 것이었다.

김예훈과 손을 잡고 기름 위에 불을 붙인 정지우는 삼호엔터테인먼트를 완전히 몰살시켰다. 대표 장명우를 비롯해 소속 연예인들의 마약, 불법 성매매, 프로포폴 투약, 매니저 갑질, 탈세, 횡령 등등 온갖 가십거리로 넘쳐날 의혹을 문제 삼아 임의 동행 및 참고인 조사 등을 실행하며 집중 공격했다. 결국 계열사 도산 대열에 삼호엔터테인먼트도 합류하게 되었고, 삼호의 워크아웃은 기정사실화됐다.

물론 이 과정에서 도화선을 붙인 건 박현철과 IK저축은행 박 회장 일행이었다. 김예훈에게 일찌감치 검은 마수로 거래 조건을 내건 박현철은 워크아웃으로 자신들이 얻을 수 있는 부가가치를 이미 계산해두었다. 친척 관계를 내세운 그들의 협업 전략은 삼호그룹 채권의 대부분을 박 회장이 차지하도록 만들었다. 그렇게 확보한 채권으로 박 회장은 삼호그룹이 워크아웃에 들어갈 때 우선 채권 협상자로 협상 테이블에 앉았고, 그렇게 발언권을 확보한 박 회장의 최측근인 박현철은 김예훈과의 내통으로 전문경영인 자리를 그에게 주었다. 김예훈이 삼호그룹에 소속되어 있어본 적 있다는 '유경험'이 명분이 되어줬다. 이 일련의 과정에서 제대로 된 옴부즈맨은 없었다. 금융감독원에 몸담았던 김예훈은 정부 고위 관계자들과 인맥이 닿는다는 점이 박현철에겐 매력적인 조건으로 통했다. 아니나 다를까. 금융감독원은 삼호그룹의 구조조정 과정을 강 건너 불구경하듯 관망했고, 김예훈은 편안히 경영인 자리에 올랐다.

"이 모든 극적 반전이 가능한 건 대한민국이니까."

들릴 듯 말 듯 김예훈 입에서 생각이 새어 나왔다. 대한민국은 여전히 이런 방식으로도 재계 순위 20위권 기업을 무너트릴 수 있다는 생각이 쾌감인지 환멸인지 모를 감정을 들게 했다. 마치 모래성과 같달까. 모래성은 결국 파도가 한번 몰아치고 나면 물거품 속으로 사라지게 마련이니까.

녹차를 반쯤 홀짝거리던 정지우가 인상을 구기며 대뜸 김예훈에게 물었다.

"너 뒷작업은 제대로 한 거야?"

"무슨 뒷작업이요?"

"네 마누라 말이야."

"마누라는 무슨요. 명은이하고 이혼한 지 벌써 몇 년째인데."

"그래도, 옛정이라는 게 있을 거 아냐."

"옛정은 아니고, 계산을 하는 거죠."

"계산? 무슨 계산?"

"내 모멸감과 수치심에 관한 금전적 보상이요."

정지우는 김예훈의 마지막 말이 무슨 뜻인지 알아듣지 못하는 모양새였다. 파고드는 질문을 해올까 봐 김예훈은 재빨리 화제를 돌렸다.

"그런데 미심쩍어하지 않을까요?"

"뭘?"

"그래도 몇 개월전까지 금감원 소속이었는데, 환승하듯 곧바로 삼호의 전문경영인이 되는 게, 일종의 이해충돌 아닌가 해서……."

"이해충돌은 빌어먹을. 야, 김예훈."

"네, 선배님."

"이 나라 고위층 중에서 이해충돌에 안 걸리는 놈이 어디 있는 줄 알아? 한 다리 건너면 다 같은 학교, 같은 가문, 같은 돈구멍 공유하고 있는데."

"하긴 그렇죠. 선배와 나도 같은 학교고."

"그러니까 그냥 뭉개고 버티면 돼. 시간 지나면 국회도 관심 끌 거고, 노조도 잠잠해질 거고, 다 조용해질 거야."

"그것도 그건데요."

"또 뭐가 있어?"

"제가 그래도 그룹 일가였던 과거가 있는데, 이해관계자라고 비난받을 수도 있을 것 같아서요."

"그 반대로 생각해야지."

"반대요?"

"오히려 더 서사가 붙지 않을까?"

"서사?"

"전남편의 화려한 귀환, 지난날의 수치와 굴욕을 극복하고 남자 신데렐라가 되어 정의의 칼을 휘두르다. 이런 식으로 언론에서 포장하면 충분히 극적이지 않겠나?"

"그건 그렇겠네요."

그 뜨거운 녹차를 놀라울 정도로 빨리 비운 김예훈과 정지우. 정지우가 그만 일어나보라고 눈짓하는데도 김예훈은 계속 앉아 있었다. 초점이 흔들리는 정지우와 눈을 마주친 김예훈이 다시 입을 열었다.

"선배, 솔직히 말해요."

"뭐?"

"내년 총선 준비하라고 위에서 오더 받았죠?"

"……."

"내년 상반기 총선에 정당으로 가서 일 좀 하라는. 그 실적 쌓으려고 삼호 조진 거잖아요. 듣자 하니 장대혁 회장이 이전 정권에 비자금 엄청 쏟아부었다고 하던데, 그게 미운털 박힌 거고."

"그래서? 그럼 안 되냐?"

"안 되는 게 아니라 너무 노골적이라 쪽팔려서 그렇죠."

"새끼, 쪽팔릴 일도 많다. 그냥 넌 굿이나 보고 떡이나 처먹어."

"……."

"평생 그렇게 살라고. 여기저기 기생충처럼 들러붙어서."

정지우는 김예훈이 듣기에 분명 성가신 말을 끝으로 자리에서 벌떡 일어나 먼저 밖으로 나갔다. 김예훈은 원장실에 덩그러니 남겨진 채 다시 통유리 너머의 전경을 살폈다. 역시 처음과 같은 감동은 오지 않았다.

김예훈은 정확히 10분이 지난 뒤 원장실을 빠져나와 금융감독원 로비로 나왔다. 기다렸다는 듯 기자들의 카메라플래시가 터졌다. 김예훈이 금융감독원 출신이라는 걸 모르는 기자는 거의 없었지만, 그들은 사전 약속이라도 한 듯 그와 관련된 질문은 던지지 않았다.

김예훈은 극적인 상황을 연출하기 위한 하나의 오브제로, 비둘기색 구두를 기자들에게 들어 보였다. 그런 후 엄숙하게, 연설하듯 말했다.

"저는 오늘 새로운 출발을 합니다. 새로운 장인정신의 회사를 구제하고, 막대한 공적자금이 투입된 삼호그룹의 강력한 구조조정을 위한 첫 여행을 떠날 것입니다. 많은 관심과 격려 부탁드립니다."

*

    장명진은 다시 학교로 돌아왔다. 마치 아무 일도 없었다는 듯 신학기를 맞이한 강단에 올라섰다. 눈앞에 앉은 경제학과 학생들은 놀라울 만큼 집중력이 높았다. 40명이 넘는 학부생들은 자리 하나 비우지 않고 강의실을 채웠고, 노트북과 아이패드를 펼쳐놓고 장명진이 화면에 띄운 프레젠테이션 자료에 집중했다.

    수업을 마치고 돌아온 장명진이 연구실 문을 열자, 유난히 붉고 낡은 소파에 앉아 있는 장명은이 보였다.

"여전하네."

"뭐가 여전하다는 거야? 지금 우리 상황을 보고도 여전하다는 말이 나와?"

"그냥 있는 그대로의 모습을 보고 말하는 거야."

"우린 여전해. 여전해야 할 의무가 있는지도 모르지."

"학문적인 소리는 그만두고 내 말 들어봐."

    장명은이 손에 들고 있던 아이패드를 장명진에게 내밀었다. 장명진 눈에 보이는 화면 속에는 장명은답게 언제나 준비성이 철저하고 실수를 용납하지 않으려는 완벽주의가 돋보이는 자료가 펼쳐져 있었다. 하지만 장명진의 심장은 더는 고동치지 않았다. 스스로도 적잖게 당혹감이 느껴졌지만 피할 수 없었다. 장명은은 굳은 표정으로 자신의 계획을 말했다.

"김예훈, 그 미친 새끼를 상대로 정치권에서 여론 몰이하는 걸 골자로 계획을 세우고 있어. 그 새끼가 금융감독원장과 동문 사이인 게 알려진 이상 둘 사이의 커넥션을 본격적으로 퍼트릴 생각이고."

"그게…… 가능하다고 생각해?"

"왜 안 가능해? 지금 김예훈이 삼호그룹 전문경영인으로 들어선 건 상상이나 했던 일이었어? 말도 안 되는 상황은 이미 벌어진 거야."

"초 쳐서 미안하지만, 처음부터 아버지 회사는 말이 안 되는 신기루였어."

"그런 비관적인 태도는 지금 아무 도움도 안 돼."

"그럼 뭐라고 할까? 우리 아버지 장대혁 회장이 사랑하는 구두? 그 구두 만드는 게 우리한테도 행복한 추억이라고 말할까? 전혀 그렇지 않은 건 너도 잘 알겠지."

"아니, 오빠. 난 그런 말을 하자는 게 아니야."

"그럼 뭘 말하고 싶은데?"

"그래도 우린 핏줄이야. 우리 삼 남매, 엄마가 각자 다 달라도 한 아버지의 피가 흐르는 핏줄이라고!"

"그래서?"

"그래서라니! 아무리 막장까지 갔대도 삼호그룹 경영권은 삼호그룹을 직접 세운 아버지의 자식들이 맡아야 하는 거야. 그게 상식이라고! 지금 이건 수탈이야."

"명은아, 진짜 상식은 삼호그룹 채권을 가진 쪽이 쥐고 있어. 아니면 주주들이고. 그거 모르니?"

"미치겠네. 오빠, 정신 차려. 지금 명우가 어떻게 된 줄 모르고 하는 소리야?"

흥분한 장명은이 손을 떨며 가방에서 휴대폰을 꺼냈다. 무언가 검색하는 것 같더니, 곧바로 기사 하나를 열어 장명진의 눈앞에 들이밀었다. 기사에는 기자들에게 둘러싸인 채 고개를 푹 숙이고 경찰청으로 들어서는 후드티 차림의 장명우가 담겨 있었다.

"명우, 마약에 탈세에 횡령에 뭐에 뭐에 다 갖다 엮여서 구치소 들어갔어. 형이 되어서 그것도 몰랐지?"

"알아."

"알아? 안다고? 그럼 이것도 알아? 김예훈 이 자식이 검찰 쪽 연줄 이용해서 작심하고 명우 몰아붙인 거?"

"……"

"혹시 이건 또 아나? 구형으로 얼마나 부를 거라 예측되는 지? 자그마치 7년이래, 7년!"

"……"

"구속영장 집행돼서 진짜 구속이라도 되면, 그 구형에서 얼마나 감형받을 수 있겠어? 그렇게 되면 집행유예는 나가리 되고. 그걸로 명우 인생 끝나는 거야."

"……"

"뭐, 나하고 오빠는 무사할 줄 알아? 내 전남편, 그 김예훈이란 인간이 얼마나 열등감 넘치고 잔인한 줄 몰라?"

장명은은 답답한 마음에 하소연하듯 쏟아냈지만 심경이 가벼워지기는커녕 더 무겁게 가라앉았다. 잠시 뒤 장명진이 말했다.

"명은아, 우리 어렸을 때 기억나?"

"또 어렸을 때 타령이야?"

"생각해보니까 우리 삼 남매하고 아버지, 딱 한 번 놀이공원에 가본 적이 있어."

"……"

"정확히 언제인지 모르겠고 무슨 놀이기구를 탔는지도 잘 기억나지 않지만, 하나는 확실해. 우리 그때 정말 신났었어."

"……"

"무섭고 멀미도 나고 힘들었는데도, 그래도 하루 종일 신나 있었어."

"그래서 하고 싶은 말이 뭐야?"

"어쩌면 우리 여전히 그 놀이공원에 머물러 있는 것 같아."

"뭐?"

"미안. 나 수업 들어가봐야 해. 학생들이 기다려."

"오빠."

"응?"

"나는 포기 안 해. 오빠가 아무리 그래도. 그러니까 방해만 하지 마."

"……알았어. 네 뜻대로 해라."

장명은은 자리를 박차고 일어나 연구실을 나갔다. 장명진이 본능적으로 시간을 확인했다. 12시 2분, 점심시간이었다. 수업 이 있을 리 없었다.

거짓말로 장명은을 떠나보낸 장명진의 머리에 문득 하나의 기억이 떠올랐다. 그때, 놀이동산에서 나와 먹었던 늦은 점심 이 짜장면이었다는 걸.

작가의 말

세상이 달라졌다고들 말합니다. 4차 산업을 이야기하고, AI
와 사물인터넷, 가상화폐로 대표되는 혁신 산업이 한국 경제
를 선도하는 대세가 되었다고 합니다.

그런데 이상합니다. 한편으로 생각해보면, 이런 이야기들이
어쩐지 공허해 보이기 때문입니다. 세상은, 사회는 그 규모나
형태와 관계없이 여전히 계급에, 상하 관계에 충실해 보입니
다. 살아남기 위해 무한 생존경쟁을 벌여야 하는 살벌함에 노
출되어 있습니다.

기술이 첨단을 추구한다 해서, 흔히 말하는 문명이 성숙해
진다 해서 인간이 인간을 착취하는 현상이 사라지진 않습니
다. 야만의 본능은 동서고금을 막론하고 여일한 현상으로 계

속되고 있습니다. 그 지독한 현상이, 혁신적이고 선도적인 기술 문명을 제법 빠르게 받아들이고 있는 대한민국 기업들에 뿌리박혀 고질적 흉터로 남아 있는 것입니다.

『제국의 사생활』은 수백수천 명의 고용 창출을 하고 사회에 이바지하는 기업, 특히 기업 규모가 상위 20위권에 이르는 가상의 기업집단을 사례로 삼았습니다. 얼핏 보면 이 정도 수준의 대기업은 시스템에 의존해 일사불란하게 움직이는 기업 집단의 모범 사례로 생각할 수 있습니다. 하지만 기업을 자신의 사적 소유물로 생각하고 무법에 가까운 가족경영을 행하는 이들은 혁신, 공정, 문명 발전 등과는 전혀 관계없이 자기들을 '제국'의 일원으로 생각하는 것 같습니다.

결국 『제국의 사생활』은 한국 사회에서 기업집단이 가진 가치가 여전히 몇몇 결정권자에 의해 좌우되는, 마치 농락과 같은 현실을 역설적으로 풍자한 한 폭의 크로키 같은 소설입니다. 소설의 제목에서 '제국'은 창업주들이 기업을 국민과 사회의 공공 자산으로 생각하지 않고 권력 강화의 수단으로 본다는 점을 상징하고, '사생활'은 권력을 사유화한 이들의 행태가 최소한의 공공성을 잃어버린 채 사적 이익을 위해 남발하는 점을 꼬집고자 하는 의미가 담겨 있습니다.

소설을 쓰면서 지나치게 현실 비판적인 잣대를 들이미는 건 아닌지 늘 낯 뜨겁고 부끄럽기만 합니다. 그럼에도 계속해서 현실을 냉정하게 바라보려는, 때론 그 현실을 풍자하려는 의지가 멈추지 않는 것을 보면, 저는 아무래도 이런 절박한 오지랖을 피할 수 없나 봅니다.

이 작품을 세상에 내놓을 수 있도록 도와주신 자음과모음에 머리 숙여 감사의 인사를 드립니다.

2024년 충무로에서
주원규

제국의 사생활

© 주원규, 2024

초판 1쇄 인쇄일 2024년 3월 29일
초판 1쇄 발행일 2024년 4월 10일

지은이   주원규
펴낸이   정은영
편집   박진혜 정사라
마케팅   최금순 이언영 연병선 최문실 이유빈
제작   홍동근

펴낸곳   네오북스
출판등록   2013년 4월 19일 제2013-000123호
주소   04047 서울시 마포구 양화로6길 49
전화   편집부 (02)324-2347, 경영지원부 (02)325-6047
팩스   편집부 (02)324-2348, 경영지원부 (02)2648-1311
이메일   neofiction@jamobook.com

ISBN 979-11-5740-406-3 (03810)